語音學大綱

謝雲飛 著

臺灣 學生書局 印行

增訂版序

　　這一本小書，是在民國六十三年發行初版的。當時，因為作者本人遠在新加坡教大學，出版之前書局又沒有把書交給作者作最後一次的校閱，所以，出版以後，發覺有很多很多的錯別字，在一位作者來說，見到書中那種「不忍卒讀」的連篇錯誤時，心中自是十分難過的，偏偏近幾年來，研究語音的人似乎越來越多，需要「語音學」的基礎參考書也日益殷切，可是直到目前為止，除了本書以外，坊間仍不見第二本屬於中文的「一般語音學」專書。先前出版此書的蘭臺書局，近年以來，因為群龍無首，沒有專人負責局務，已經倒閉拆伙了，而朋友與學生之間，打電話到舍下來索購此書的，却不稍減，因此趁今年暑假之暇，把它重新仔細校訂一過，增加了書後的「標注國語的各式音標簡介」，情商臺灣學生書局再版。希望對初學語音的同好者，會有一點點入門查檢的好處。

七十五年八月十五日謝雲飛序於新店

自　序

　　這些年來，因爲指導學生學「中國聲韻學」，發覺學生們對語音的基本常識，竟是全然不知，因此學習起來，就事倍功半，有說不盡的痛苦。想找點兒書給他們看看，却又跑遍了書坊，翻遍了圖書館的目錄卡片，也找不出一本屬於中文的「一般語音學」的專書來。因此就私下裡許下了一個心願，希望能偸閒給學生們編一本「語音學」方面的入門書，於是就蒐集了一些語音學的普通知識和語音學名詞詮解之類的材料，編成了這本小書。內容舉例，盡量採取國內學生易於了解的漢語及英語爲主；理論上的闡釋，則採取「大綱式」的撮要說明。期能簡明易了，不涉繁瑣，而凡語音學理，均能羅列詳盡，不稍遺漏爲原則。經始撰述，歷時逾年而竟於成。這只是基礎之學，可作學語音的階梯之用，至於想更求深入，而有高一層的了解，那就該當旁求他書了。

中華民國六十二年五月六日謝雲飛序於
新加坡南洋大學

語音學大綱
目　　錄

第五章　音素的鼻化與音素的結合……… 69

第一章 緒 論

第一節 語音學的研究範圍與目的

壹、語音學的含義：

語音學(Phonetics)就是研究語言的聲音 (Sound) 的一門學問，研究語言的人，為方便着手計，首先總要從觀察各種語言所包攝的聲音開始。語音的觀察，一方面固從生理方面的發音入手；進而冀能精密正確地把握聲音，同時也探索物理方面的發音現象，實驗發音的精確度，而予以有效地把握。把語言作系統的整理，並加詳盡的說明，使可以更好地學習語言，糾正不正確的發音；更好地進行語言的教學工作，傳播語音的知識；給沒有文字的語言創制文字，編制語言的符號；甚而給那些失去語言能力的人治療「失語病」，這都需要從語音的研究入手。所以語音學是一門非常重要的理論科學。也是研究語言聲音的成分、聲音的結構、聲音在語言中的演變，以及探求這些演變的規律的一門學問。這種研究，在近世已很發達，也頗有成就，一向學者們都稱這種研究為「語音學」。

貳、語音學的研究目的

一、了解語言的社會意義：

　　語言的研究，是我們了解語言的社會意義的重要關鍵，語言固是由聲音組成，但聲音不就是語言，因為自然界也有聲音，尚未學話的嬰兒也有聲音，這些聲音都不是語言。從音素或音位的分析上來看，我們發覺聲音並不是語言的單位，語言的單位是詞。如標準國語中的「丟」，它的聲音是〔ti-ou〕，是由〔t〕〔i〕〔o〕〔u〕四個音素（或音位）組成的，但是在四個單位的個別聲音中，它們都沒有「丟」的意思，也沒有「丟」的四分之一的含義，可見聲音並不是語言的單位，它只是組成語言單位的一些成素罷了。語言是社羣生活中，人與人之間交通情意的工具，由若干音素或音位組成語詞以後，語音才會發生社會意義，個別的音素與自然界的聲音並無不同，為了明白語言的社會意義，研究語音是一種基礎的作法。

二、建立語音的理論：

　　我們研究語音，分析語音，探索語音與語言文字的關係，觀察語音的生理、物理甚或心理現象，探求語音的歷史關係，以構成語音學的理論，為大眾傳播之媒介，為社羣中人與人之間交通情意的工具，為學習語言，教學語言開一便捷的道

路。

三、明瞭語音的演變：

　　語音是會變的，變的因素很多，自古到今，時間遷延久
了，語音就會發生變化；因爲各音素的拼合，會產生同化、
異化、顎化、鼻化等各種不同的音變作用。如果不明白語音
的演變，便不可能提供詞彙的、語法的構造歷史。而要了解
語音的演變，就不可不知語音特性的知識。因此，語音的研
究就成了語言學上不可或缺的一環了。

四、求語音的實用：

　　從實用方面來看，更是我們要研究語音的目的，前文我
們所說的：使能更好地學習語言，更好地進行語言的教學工
作，能正確地把握語音，推廣語音知識，爲沒有文字的語言
創立文字，制訂語音符號，治療「失語病」等都是我們爲實
用而要研究語音的目的。

叁、語音學的研究範圍

　　凡一般語音研究的分類中，諸如音位學、音響學、發音
學、斷代語音學、歷史語音學、方言語音學、描寫語音學、
實用語音學、實驗語音學、比較語音學等都是語音學所應研
究的範圍，而這些也正是語音學所要研究的對象。

第二節　分類語音學

壹、音位學

　　音位學（Phonemics）是在語言的生理和物理的分析基礎上，在語言功能的原則下，配合著一種語言（或方言）的語音系統及語言（或方言）的結構，如語音、語法、詞彙等，去研究一種語言（或方言）的音位系統的學問。音位學是語音學中極重要的一個部門；音位學這個專用名詞，早在十九世紀末葉，已被歐洲的語言學家們所採用。當時西方的語言學家們，有些是將它與語音學混淆在一起，如英國的斯威特(Henry Sweet)；有些則把它與語音學對立起來，如瑞士的德·蘇胥爾（Fe de Saussure）。現在我們一般語言學者所謂的「音位學」，有時亦譯作「音素學」，是指分析語音的最小單位，以觀察語音組織之成素的學問。音位（Phoneme）是以辨義標準為基本單位的，音素（Phone）則可能分析得比辨義單位更細密，如〔P〕〔P′〕兩個音，在漢語中因為送氣與不送氣是用作辨義之區分單位的，因此就必須算兩個音位，在英語中送氣與不送氣是可以任意的，可以不分的，因此也就只算一個音位了。這就是音位學所要研究的對象。

貳、音響學

音響學 (Acoustics) 又稱「聲學」，爲物理學中的一個部門。音響學所研究的是一切自然界的聲音，當然也包括人類的聲音，凡聲音的發生、性質、現象、各種定律、音波、振幅、以及樂音的原理等是。語音學也研究聲音，但所研究的範圍只限於人類的語音，它雖然也研究聲音的物理現象，但它是通過聲音的物理現象去研究語音的社會現象。音響學研究人類的語音時，主要是只從純物理學的觀點去研究，如分析一個音的高低、強弱、音質時，並沒有想到它在人類思想交流中起什麼作用；語音學在研究音的高低、強弱、音質時，除了也從物理學上去分析以外，還要從生理學上去分析。例如：音的高低與語調和聲調有關，音的強弱與重音和輕音有關，音質與各種元音和輔音的形成有關。音響學研究的是一般聲音的發生、性質及各種規律；語音學則是研究人類語音的成分、結構、變化和變化的規律；音響學有助於語音學，尤其是實驗語音學的研究；語音學在物理現象方面的研究可以豐富音響學的內容。

叁、斷代語音學

斷代語音學 (Synchronous Phonetics) 也稱「同時語音學」，是研究語音在發展中的某一時期的狀態，分析此一時期的音位，及這些音位在當時的語言中所發生的作用，這一

時期的語音的特點等，以爲研究歷史語音學參考之資，其實它的內容就是「描寫語音學」。但這裡所謂的「斷代」，只是指某一個被研究的時期，與歷史上的朝代並不十分發生關係，因爲語音的現象不可能會像一般歷史的事實一樣，可按朝代來處理的，所以稱爲「斷代語音學」實際上並不是十分恰當的名詞，不過，有人這麼稱呼就是了。

肆、歷史語音學

歷史語音學（Phonology）在漢語來說就是「音韻學」或「聲韻學」，是研究語音自古到今或自今到古的演變關係、系統、規律，以及各時期的語音它們在相互之間的異同、脈絡，甚且因爲歷史政局的變動、民族的遷徙、混合；文化的交流、生活的進化等與語音演變的關係，以擬測自古至今每一個時期的音值，來觀察現代語言中的音值與歷史的關係的一門學問。

伍、描寫語音學

描寫語音學（Descriptive Phonetics）是指對語音作靜態的描寫，也就是說對某一時期的語音結構，進行記錄、分析、研究，再從當中找出它的規則和定律，如現代漢語、現代英語的研究就是屬於這一範圍的。在語音的研究上，特別分出這麼一個方面是有其必要的，因爲靜態的語音描寫，對教學語言、比較語言等方面是很有用處的。

陸、方言語音學

　　方言語音學(Local Phonetics)是對方言從事調查、記錄、分析，進而從中找出它們的規則和定律，確定各方言的基本音位。如係同一母語系統的方言，更可把各種調查所得的方音作相互的比較，視其同異特點，而探求出它們相互間的關係。這在推行標準語，矯正發音，凡受母語方音影響而顯示不正確的發音，均可從方音的根源中找出它們發音不正確的因由，所以凡地域廣大，方音複雜的國家，如要推行標準語，研究方言語音，是一件不可或緩的工作。單一的方言語音之調查與記錄，實際上就是描寫語音學的一種。

柒、普通語音學

　　普通語音學(General Phonetics)亦稱「一般語音學」，凡語音的一般現象，諸如語音的生理現象、物理現象、發音部位、發音方法、音位、音素以及語音的演變、語音的結合、語音的一切知識等，都在被研究之列。本書所介紹的語音知識，就是屬於一般語音學範圍之內的。

捌、地理語音學

　　地理語音學(Gographical Phonetics)也叫「方言語音地理學」。它通過有計劃的調查，用繪製方言地圖的方法研究某些語音，在各種不同地區的人們口語裡相同或相異的分布

情況，或者某些方音的特殊現象的地理分布情況，也就是某些語音特點在各地演變或發展的現狀或動態。比如「飢基幾己寄記」等字的聲母在北平讀舌面塞擦音［tɕ］，在瀋陽、西安、成都、南京、上海、南昌、長沙等地也是讀［tɕ］，可是到廣州、梅縣、福州、廈門等地却讀舌根塞音［k］，在膠東蓬萊和浙南永康等地則讀舌面塞音［c］（韻母則一般都是［i］，廣州是［ei］），可見這些聲母在南北各地的演變雖不一致，却有嚴密的規律可循，如果聯系古音，我們可以大略地推斷，北方讀音千多年間，歷下了以下的演變過程：

$$［k］→［c］→［tɕ］$$

中間的細節雖然缺少歷史材料的引證，可是這類方音現象對了解和闡發語音的歷史富有啓發性却是可以肯定的。

玖、實用語音學

實用語音學（Practical Phonetics）是單憑人體的發音器官與聽覺器官的感受，而來觀察語音的現象的一門學問。自然界所發生的聲音或儀器所發的聲音，可能多到數不清的不同級數，但是人類器官所能發出的聲音，數量却是有限的，且一種語言中所用以辨義而期能作爲表情達意之工具的聲音，更簡單到只有數十個音位，同時在同一音標所表示的音值，在不同的人或雖同一人而在不同的時間中，所發出來的聲音之值，可能每次都有微細的差別，但在不影響辨義的情況下，

我們就不嚴格地要求它的絕對值，這只是在語音的實用及人類官能所易於把握的情況爲準的，這一類只止於「音位」與辨義，而以官能的易於負荷爲標準的語音研究，我們稱之爲「實用語音學」。

拾、實驗語音學

實驗語音學 (Experiemental Phonetics) 是使用一些特製的發音儀器，來作比人類官能所發更加準確的發音觀察，以定出某些語言音位的「標準值」，而供學習語言者的學習和模仿。如 [P] [P′] 兩個音值，在以英語爲母語的人看來，它們簡直沒有什麼區別，甚且不必區別，但當他們有朝一日要學漢語時，他們那種無法區分 [P] [P′] 的習慣，就會阻礙了他們的學習，於是我們就可以用儀器實驗的結果，展示給他們去了解、去學習。又如單音節詞的聲調之升降，在歐西的語音中，幾乎是毫不重要的，可是漢語却以之爲辨義的要素，於是一個歐西人要學漢語的聲調，如能借助於「四聲實驗」等的紀錄結果去了解，則其學習自可事半功倍了。

拾壹、比較語音學

比較語音學 (Comparative Phonetics) 就是把不同的語言的聲音，就其音值、音位、結構、發音部位、發音方法作細密的比較，以觀察其異同及特點，這叫做「比較語音學」。語音的比較，主要在促進學習語言及教學語言的效果，敎語

言的人可提兩種語言的不同點，說明如何把握發音的部位和發音的方法，使學習者能有更準確的發音，而使音值、音質都不會與要學習的語言相去太遠。

拾貳、發音學

發音學（Phonetics）是專門研究發音器官、發音部位、發音方法的一門學問。發音器官是指發音的氣流所通過的生理結構及與發音有關的生理結構而言的。發音部位是指發輔音時在發音器官中形成阻礙的那一部分而言的。發音方法則是指發音時如何構成阻礙，和如何解除阻礙的方式而言的。

第二章　語音之發生與發音器官

第一節　語音之發生

由說話人嘴裡發出一個聲音，到聽話人的耳鼓，這當中至少可以形成五個步驟，第一是：先在說話人腦中形成一個語言印象；第二是：再由各腦神經通知各發音器官去發音；第三是：發出的聲音隨卽跟着空氣的振動而到受話人的耳鼓；第四是：受話人耳鼓裡起了一種感應作用；第五是：受話人腦中形成一個語言印象。在這五個步驟當中，第一、第五是屬於心理方面的，這自有語言心理學的專門探討；第二、第四是生理的現象；第三是物理的現象。我們都將在下面提出說明。

壹、語音發生之程序

語音的形成是利用肺裡呼出來的氣流，經過喉頭以及口腔或鼻腔時，予以種種的調節而成的。肺部本來是呼吸的器官，但也可供給發音所必需的空氣。肺部的呼吸分兩層，一是吸氣，一是呼氣，通常的語音都是呼氣所造成的，其程序是：

肺呼出氣→經喉頭→達口腔或鼻腔→形成各種阻礙→阻礙解除→氣流通出腔外→發音完成。

　　不過，有時也偶而有吸氣以形成語音的，如我們漢語中常有表示讚歎的「嘖嘖」之聲，那就是吸氣所形成的。有時或者是吆喚雞鴨就食，而用舌尖或雙脣發出一種比較特殊的塞音，成阻時口腔內部的空氣稀薄，除阻時氣流便向口內衝入，這種塞音也是吸氣的，因此有人稱這種音為「吸氣音」，這是一種向內爆發的音。南非洲有些語言，有成套的輔音是屬於這種性質的。如「和吞脫」語（Hottentot）有二十個這樣的輔音音位，發音部位是雙重的：舌尖或舌面和喉頭（小舌或聲門）同時閉塞，然後相繼（幾乎是同時）破裂，破裂的音響可能是單純的爆發，也可能帶有摩擦成分或鼻音成分。這種「吸氣音」也有人稱之為「搭嘴音」或「搭舌音」或「嗻嘴音」或「嗻舌音」的。

　　除「吸氣音」外，一般的語音絕大多數都是「呼氣音」，而其程序則如前述。

貳、語音發生之生理現象

　　從生理上來看語音之發生，有專門研究這一方面的學問的，一向都稱之為「發音學」。人類生理上的發音器官是十分複雜的，不同的生理器官，都具有不同的作用，依器官之異與其在實現發音上所起的不同作用，我們可以把它概略地分為以下三大部分：

發音器官 ⎰ 呼吸部分：肺（包括氣管、支氣管）
發音部分：喉頭、聲帶
調音部分： ⎰ 口腔（包括脣、齒、顎、舌）
鼻腔

現在我們按照語音發生的先後程序，分別說明各部分與發音的關係如下：

一、呼吸部分：肺（包括氣管、支氣管）

肺（The lungs）是人類活動中最重要的部分，肺的構造像是一個風箱，能吸氣，也能呼氣。氣管和支氣管則是空氣出入肺囊的通道。肺位於人體胸部的裡面，支持肺的是富有彈性的「橫隔膜」，橫隔膜可以上下移動。吸氣的時候，因為橫隔膜降低，兩邊肋骨隆起，胸腔體積擴大，肺部也就隨着膨脹，於是外界的空氣也就從口腔或鼻腔經過喉頭和氣管、支氣管進入肺囊，來充塞肺的空間了，這就叫作「吸氣」。呼氣的時候，橫隔膜上升，兩邊的肋骨瘤下去，肺部的空間縮小，空氣受到壓縮，於是就由肺囊裡衝出氣管、喉頭、口腔或鼻腔而到體外。發音就是利用這呼氣的現象而造成的，肺只是形成發音動力的第一步。所以，如果沒有肺的活動來供給必需的空氣量，是根本不能發音的。但肺也只是供給空氣量，幫助發音而已，它本身是不能發出聲音的。

二、發音部分：喉頭、聲帶

　　在發音的器官中，聲帶(Vocal Cords)是一個極其重要的器官。聲帶是兩片富有彈性的薄膜，位於喉頭(Larynx)的中間，喉頭則位於氣管的上端，是由四塊軟骨組成的。前面最大的叫「盾狀軟骨」(Thyriod Cartilage or Shield Cartilage)，用手指在頸外可以摸得到的，在瘦人的喉嚨上更可看到它隆而突出。盾狀軟骨的下面有一塊「環狀軟骨」(Cricoid or Ring Cartilage)，像指環似的，而和盾狀軟骨相接。又在環狀軟骨之上，盾狀軟骨之後，有兩塊「破裂軟骨」(Arvtenoid or Adjusting Cartilage)，這是極不規則的兩塊軟骨。整個喉頭是可以前後上下移動的，這四塊軟骨也可以互相挪動，因為骨與骨之間是有許多肌肉來給它們調節和繫連的。這四塊軟骨構成了一個筒形，中間有四塊薄膜，兩兩相對，下面的兩塊是聲帶，上面的兩塊則叫「假聲帶」。其實聲帶並不是「帶」，而是兩塊有彈性的薄膜。這兩塊薄膜在人們說話或唱歌的時候就發出「樂音」。薄膜的前端都是固定地連在盾狀軟骨之上的，但是後端却可以隨着相連的破裂軟骨的動作而開閉。聲帶的中間就是「聲門」(glottis)。

　　兩對聲帶是由「摩根尼氏竇」(Sacculus of Morgani)給分開的。破裂軟骨可以在環狀軟骨的環背上滑移、旋轉、抽動。當我們休息時，兩塊破裂軟骨都是垂直着的（見C圖），抽動時這兩塊軟骨的上端就會合攏，但其下端的位置則並不

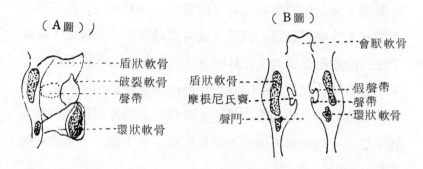

（A圖））
- ----盾狀軟骨
- ----破裂軟骨
- ----聲帶
- ----環狀軟骨

（B圖）
- ----會厭軟骨
盾狀軟骨----
摩根尼氏竇----
聲門----
- ----假聲帶
- ----聲帶
- ----環狀軟骨

改變（見D圖），這時，假聲帶就會發生作用了。有時抽動却把這兩塊軟骨的下端合攏，而上端則仍保持原來分開的位置（見E圖），這時，則是聲帶發生作用了。如果抽動的作用準備應用一對聲帶時，則其移動是因破裂軟骨「橫行」動作之所致。

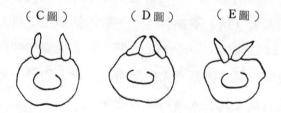

（C圖）　　　（D圖）　　　（E圖）

凡前述的那些動作，其目的都在變更聲門的形狀，縮小聲門的寬度。「聲門」是包涵在兩對聲帶和喉頭下壁之間的一個洞孔，平時呼吸的時候，聲門開得很寬大，空氣毫不受阻碍，也就不會發生聲音（見F圖）。如果要發元音或帶聲輔音的話，破裂軟骨就向中間移動而合攏，使聲門緊閉，讓聲帶受氣流的振顫而產生均勻的振動而發出樂音（見G圖）。不過，這是指兩種極端的現象而言的，有時聲門既不是大開，也不

是緊閉，而是半開半閉狀態，則破裂軟骨只是略爲移近而沒有緊接，讓聲門微開，而空氣就可從微開的空間通過，鼓動了聲帶的邊緣而成音（見 H 圖），這就是「無聲的迗氣音」了。破裂軟骨又可前部閉合，後部分開，前部相連的聲帶於是就緊接而發生均勻的振顫了，破裂軟骨的後部留了一個空間，空氣可以從當中通過，摩擦成聲（見 I 圖），這就叫做「有聲的迗氣音」了。

（F圖）　　（G圖）　　（H圖）　　（I圖）

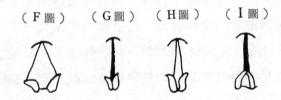

聲門也可突然閉塞，或由閉塞而突然破開，這就可以產生「聲門閉塞音」或「喉塞音」。一般的情形是：男人的聲帶在 20 至 24 毫米（Millimetre）之間，女人的聲帶則只在 19 至 20 毫米之間，因爲男人的聲帶長，女人的聲帶短，所以女人的發音總是比男人高得很多的。

三、調音部分：口腔、鼻腔

　　空氣出了喉頭之後，就可從「會厭軟骨」（Epiglottis）後面通到「咽頭」（Pharynx）。會厭軟骨是舌根底下的一塊薄薄的軟骨，它下垂時，可以把喉頭閉住，使食物和水通入食道和胃。當它保持平常狀態時，總是讓喉頭打開，讓空氣自由出入的。「喉頭」是在喉頭之上的一個洞孔，與口腔和鼻

腔都可相通的。平常從咽頭到喉頭的通道總是暢行無礙的，但從咽頭到鼻腔的通道則不然，如果軟顎在正常狀態時，空氣就可通過鼻腔，如果軟顎上升的話，空氣就只能通到口腔而不能通出鼻腔了。口腔和鼻腔是語音的「共鳴器」同時也是語音的調節器官，各種不同的語音之形成，是口腔各個部位和鼻腔的調節和控制的結果。鼻腔是一個固定的器官，不起任何變化，只是在發鼻音或鼻化元音時氣流通過鼻腔而起共鳴作用罷了。口腔則包括了脣、齒、顎、舌等，變化多端，各種不同的音，都是因為口腔各部分變化、調節所產生的結果。

（口腔圖）

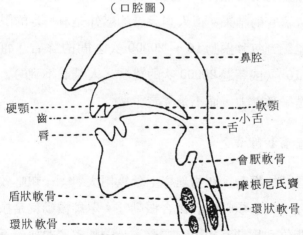

鼻腔

硬顎
齒
脣

軟顎
小舌
舌

會厭軟骨
摩根尼氏竇
環狀軟骨

盾狀軟骨
環狀軟骨

叁、語音發生之物理現象

　　聲音是物理的現象，是因彈性物體受到壓迫而發生振動的結果。語言的聲音也是物理的現象，是具有一般聲音的物

理屬性的。彈性物體的振動，經空氣的媒介傳播，傳到我們的耳朵，我們就可聽到了聲音。聲音在傳播時，傳音物（空氣）就成了波浪的形狀，所以我們稱之爲「音波」或「聲浪」(Sound-Waves)。如果我們用「浪紋計」或用「音叉」把音波記錄在紙上的話，就可看出音波的痕跡是像波浪一樣的（見下圖）。所以沒有彈性物體的振動，聲音是不會產生的。

（音波圖）

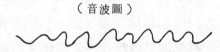

人有感知聲音的能力，人對聲音的感知就是因爲音波刺激人們聽覺器官的結果。但人對聲音的感知是有一定的限度的，人只能聽到每秒振動16～20000次之間的聲音，每秒振動不足 16 次或超過20000次的聲音，人是聽不到的，或者只感覺是一種壓力，而不是聲音了。

一、基音和陪音：

　　音波的振動，在物理學上分爲兩大類：一類叫做「單純振動」，另一類叫做「複合振動」。單純振動就是振幅、頻率、相位和周期都相等的振動，是一種整齊的連續不斷的振動。反之，振幅、頻率、相位和周期不相等的不整齊的振動，叫做「複合的振動」。單純振動所產生的音波稱爲「單純音」，複合振動所產生的音波叫做「複合音」。如下二圖，上一圖是單純音，其振幅 A·E 或 B·F 所佔空間的廣度在

OX 線的上下距離是相等的；其周期自 A 至 C 或自 B 至 D 的時間也是相等的；其頻率 AE 與 BF 或 CG 之間的每秒振動次數也是相等的。下一圖是複合音，其振幅、周期、和頻率就顯得很不規則了。

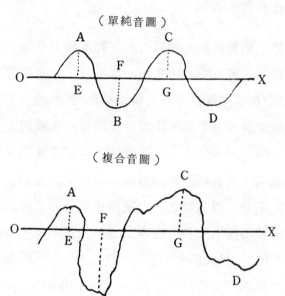

（單純音圖）

（複合音圖）

我們平常所聽到的聲音，多半是複合音。一個複合音是若干個單純音的結合體，而各個單純音的高低是不一樣的，因為各個單純音的振動快慢不同。在這些單純音中，有一個最低的音，普通稱之為「基音」，而其它的一些單純音，統稱之為「陪音」或「副音」。在複合音中，基音的高低是最重要的，普通我們談到某個複合音的高低時，就是指它的基音的高低，而不涉及任何陪音的高低。但陪音在形成一複合音的

音質（音色）上，却起着決定性的作用，複合音的音質之所以不同，就是由於其中的一些陪音的強弱具有各種不同的差別。

二、振幅和頻率：

振幅是指音波振動的幅度。在物理學上分析一個音波的每一振動時，可以在波中畫出一水平線，在水平線以上有一個最高點，在水平線以下有一個最低點，音波每一振動的最高點和最低點對於水平線的距離就是振幅。振幅的大小跟聲音的強弱有關，振幅的大小和聲音的強弱成正比例，振幅大音就強，振幅小音就弱。在語音學上所研究的音勢或音重（如重音、非重音、輕音等），也就關係到音的強弱問題。通過語音實驗所得出的波紋，在觀察音波的振幅時，我們就可看出不同音的音重情況。

從物理學的角度來看，在一定的時間內的音波數或發音體的振動數就叫做頻率。頻率一般是以每秒鐘內所顫動的次數來計算的。凡顫動次數多的，其所發的音就高；顫動的次數少的，其所發的音就低。如果有甲、乙兩個音，甲音在每秒鐘內顫動一百次，乙音在每秒鐘內顫動一百五十次，那麼我們就說乙音的頻率比甲音大，而乙音也就比甲音高。

三、周期和相位：

振幅是指每一音波的高點和低點與中間水平線所佔的空

間廣度；周期是指每一同高的音波或同低的音波每次出現所需的時間長度而言的。第一個波高（低）點與第二個波高（低）點重複出現的時間不是完全均等的，不過，一般來說，凡是「單純音」的音波，其周期必是相等的。凡兩波之間的距離越長（如下圖AC 及BD之間的距離），則所需的時間就愈多，那麼，它的振動也就越慢；反之若兩波之間的距離越短，則所需的時間就越少，而它的振動也就越快。

（周期圖）

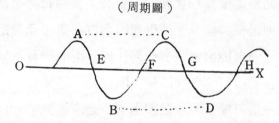

「相位」是指上圖自A至C，B至D與E至G，F至H之間距離的對比，凡周期間的音波出現時間距離越久，則相位的距離也相應地更遠，所以「相位」是與周期、振幅、頻率有着密切關係的。

四、樂音和噪音：

　　聲音有樂音和噪音的不同，這是因彈性物體振動的不同來決定的。凡振幅、頻率、相位和周期都相等的「單純音」，也必都是「樂音」。至於在一個「複合音」中，若基音和陪音的頻率是成單純比例的，這樣的音也是「樂音」，所謂單純比例就是指所有陪音的頻率一定是基音頻率的整數倍數，

即二倍、三倍、四倍、五倍、六倍等。如果不是整數比例的關係，這就構成「噪音」了。在日常生活中所聽到的樂器如鋼琴、胡琴等所產生的音都是「樂音」(Musicaltone, Tone)，而敲門、打鐵、拉鋸等所發出的聲音則是「噪音」(Noise, Geräusch)。樂音一般都是比較悅耳的聲音，而噪音則多是刺耳的。在語音中，也可分出樂音和噪音，例如元音就是純粹的樂音；輔音則是含有噪音的音，清輔音全是噪音，濁輔音和半元音是樂音和噪音的混合音：濁輔音含噪音較多，而半元音則含樂音較多。從生理的角度來講，元音是由聲帶振動氣流通過口腔出來沒有受到任何阻礙的樂音；輔音由於氣流受到發音器官的各種障礙，因而是一種噪音。噪音可分為兩種，一是打擊音，一發即逝；一是摩擦音，可以延續。如鎚打鐵的聲音是打擊音；鋸子鋸木的聲音是摩擦音。

第二節　發音器官

壹、與語音之發生有關的器官

語音的發生，與許多器官發生密切的關係，其中還有一部分器官是會移動位置，以調節語音的。這些與語音之發生有關係的器官包括：

一、上下脣(Lips)：在口腔的最外部，也是食物和空氣的進口處。當然通常的呼吸，空氣都是從鼻竇吸進的。

二、上下齒(Teeth)：在兩脣之內，上下顎的周沿，成上下兩個大半圓形，整齊地排列着牙齒，通常人的牙齒，最多是三十二顆。

三、齒齦(Teeth ridge)：上顎（亦卽上口蓋）前端凸出來的部分，硬而不動的，也就是門牙根部的牙肉。

四、硬顎(Hard Palate)：上顎靠前而且是凹進去的一部分，是硬而不動的。

五、軟顎(Soft Palate)：上顎靠後而軟的部分。

六、小舌(Uvula)：上顎後的終點，軟而能上下活動。

七、鼻腔 (Nasal Cavity)：自小舌可掩塞的部分算起，一直到整個鼻寶而至上脣的外面與鼻交接處爲止，統稱之爲鼻腔，是固定而不動的。

八、口腔(Mouth)：就是從喉頭之上直到兩脣可封閉處爲止的口部內腔，其中附帶有許多其它的器官，如舌、齒、顎、小舌等。

九、咽頭(Pharyngal Cavity)：舌頭和喉壁當中的空間。

十、舌頭(Tongue)：舌頭本身並沒有界限的區分，但爲說明方便起見，將它劃分爲三部分：

1.舌尖(Blade of tongue)：舌頭的前端部分，能尖能圓，能粗能細，是非常靈活的一部分。

2.舌面前(Front of tongue)：舌頭靜止時對着硬顎的部分，其前部也就是舌尖。

3.舌面後 (Back of tongue)：舌頭靜止時對着軟顎的部

分，其前部就是「舌面前」。

十一、喉蓋(Epiglottis)：也就是會厭軟骨，呼吸時打開，讓空氣在氣管內自由暢通；飲食時它就會蓋住氣管，不讓食物漏入氣管。

十二、食道(Food Passage)：對發音略有影響，但絕大多數時間對發音是不相關的。

十三、氣管(Wind-Pipe)：下通肺，上接喉頭，是空氣出入肺部的通道。

十四、喉頭(Larynx)：由盾狀軟骨、環狀軟骨，及破裂軟骨所組成的圓筒狀物，從外表看來，就是喉結。

十五、聲帶(Vocal Cords)：在喉頭的中間，由前向後並生着兩片肌肉的薄膜，雖不是帶狀物，但習慣上都稱之為「聲帶」。

十六、聲門(glottis)：兩片聲帶中間的空隙叫做聲門，可開可合，空氣可從空隙中通過。

十七、肺(The lungs)：在胸腔內部，可收可放，收時肺囊縮小，放時肺囊膨脹，像是風箱一樣的器官。

十八、橫隔膜(The diaphragm)：是幫助肺部收縮或膨脹的器官，橫隔膜降低時，胸腔擴大，肺部就膨脹；橫隔膜上升時，胸腔癟下，肺部的容量也就隨而縮小了。

貳、調節語音的器官

調節語音的器官，叫做「調聲部」，它是全體發音器官

中的一部分。調聲部的作用，是將喉部所發的聲音，或直接調協，或使之變化，更或將喉部所出來的空氣加以改變或阻礙，使形成某種聲音。茲列舉調聲部的各器官及其作用如下：

一、咽喉 (Pharyngal Cavity or Pharynx)：亦稱「咽頭」，就是在喉部上位的一個空洞，和口腔、鼻腔相連。由咽頭至口腔之間是沒有任何障礙的；但由咽頭至鼻腔，當軟口蓋（軟顎）垂下時，其間的通路固十分自由，但有時軟口蓋也可將鼻腔的通路閉塞的。普通呼吸之際，或發鼻音時，軟口蓋下垂，鼻腔開通；到發鼻音以外的音時，則軟口蓋與咽頭的後壁密接，而閉塞了鼻腔的通路了。

二、口腔(Mouth)：口腔是聲音形成的場所，無論是調協聲音，變化聲音，都與口腔的各部分發生密切的關係，現在我們分別說明口腔的各部分如下：

1. 口之開合：開口的大小，舌的運動，口腔各種形狀的變化，也就大大地影響到各種不同的聲音之共鳴作用，於是也就產生各種不同的聲音。

2. 齒：齒的作用經常是與舌頭的運動相隨而行之的，有時上齒與舌之間可發一種音，有時舌尖插入上下齒之間又可發另外一種音；而上齒與下脣密接又可發出一種音。

3. 齒齦：齒齦跟舌的配合就可發音，尤其是上齒齦與舌尖或舌面的配合。

4. 舌：通常分舌為四部分，即舌尖、舌面前、舌面後和

舌根。因為舌與硬顎、軟顎、上下齒、齒齦的配合，可產生舌尖音、舌尖面混合音、舌面前音、舌面後音、舌根音等。舌是調節語音的極重要部分，如果一個人的舌有了毛病，很多音就可能因此而發不出來了。

5. 小舌：在軟顎的末端垂下的部分，在比較特殊的情況之下才與發音產生直接關係，有時如發「滾音」等，小舌多少總是有些影響的。

6. 顎：顎分硬顎與軟顎兩部分，硬顎在前，軟顎在後。而硬顎又有人把它分成前硬顎、中硬顎、後硬顎三部；軟顎則分成前軟顎與後軟顎兩部分。顎的本身除軟顎可起變化外，硬顎是不會改變形態的，但顎與舌的配合，則可產生許多不同的聲音。

7. 脣：上下脣的開、合、圓、展對聲音的改變作用極大，有時下脣尚可與上齒相接摩擦而發音，所以脣也是調節語音十分重要的一部分。

三、鼻腔(Nasal Cavity)：鼻腔在生理上是屬於固定不變的形態，不像口腔那樣複雜且變化多端，在發鼻音或鼻化元音時，鼻腔就是氣流的通路，而發生共鳴的作用。

第三章　輔　音

輔音（Consonant），日本人或譯「Cnosonant」爲「子音」的，意在與譯「Vowel」爲「母音」相對稱，實際上從發音的性質來說，根本無所謂「子」「母」的關係，其翻譯之不恰當是不言而喻的。至於更有人主張譯「Consonant」爲「父音」或「僕音」的，而與「母音」「主音」對稱，其紕謬之理也與「子音」無異。

輔音和元音是音素中的兩個基本大類。輔音有三個特徵：

第一特徵是：發音時氣流必須在發音器官的某一部分衝破一定的阻礙。譬如發「破」字的聲母「P'—」時，氣流必須衝破緊閉的雙脣。

第二特徵是：發音時造成阻礙的那一部分發音器官在氣流衝出時，要比其它部分特別緊張一些。再拿以上所舉的〔P'—〕爲例，雙脣在氣流衝出時要比其它部分的器官緊張一些。

第三特徵是：發音時氣流總比元音強，清輔音更爲顯著。

識別輔音的三個標準是互相聯繫著的，需要把它們緊密地結合起來去分析輔音，不可分開來作個別特徵的看法，其

中第一個特徵在識別輔音時尤其特別重要。

　　至於要如何識別輔音，除上述三個基本特徵外，有些一般性的徵象也是值得注意的。如發音時發音器官通常都不是靜止的，噪音的成分都比較重等等，這些都可以把它看成是輔音的一般特徵。

　　根據上述的一些特點，我們在標準國語中可找到二十一個輔音，那就是：〔P〕〔P′〕〔m〕〔f〕〔t〕〔t′〕〔n〕〔l〕〔k〕〔k′〕〔x〕〔tɕ〕〔tɕ′〕〔ɕ〕〔tʂ〕〔tʂ′〕〔ʂ〕〔ʐ〕〔ts〕〔ts′〕〔s〕。

第一節　閉塞音

　　閉塞音 (Occlusive or Plosive) 簡稱「塞音」，這種音相當於自然界中的打擊音，是發音器官的接觸，造成氣流的阻塞，或阻塞後再突然打開，讓氣流衝出而發的輔音。這種輔音的發音，按發音器官動作的先後，可以分爲「成阻」「持阻」「除阻」三個階段，但發音是在成阻期或除阻期，漢語中的塞音，一般發音都是在除阻期，例如國語中的「巴」〔pa〕，聲母〔p—〕就是在除阻期發音的。也有一些漢語方言把某些閉塞音當作韻尾，這種閉塞音就在成阻期發音，例如廣州話「鴨」〔ap〕中的〔—p〕是。閉塞音因爲有閉塞和爆發的動作，所以又有「全閉音」「破裂音」「爆發音」「塞爆音」「爆裂音」「破障音」等的名稱。廣義的

閉塞音包括「塞音」「鼻音」和「塞擦音」三類；狹義的閉
塞音就單指「塞音」。這一節裏所討論的「閉塞音」是狹義
的閉塞音。又因為「閉塞音」是一發即逝的，所以又有人把
它稱作「暫音」。漢語中常聽到的閉塞音有：［p］［b］
［t］［d］［k］［g］［ʔ］及它們可能有的送氣音等。

壹、成阻、持阻與除阻

一、成阻(Tension)：

發音動作仔細分析起來，可以分為三個時期；第一
是成阻期，又叫「音首期」；第二是持阻期，又叫「緊張
期」；第三是除阻期，又叫「音尾期」。

成阻期是發音過程的第一階段。當我們要發某一個音時，
必須使發音器官發生接觸，或使口腔形成某種形式的共鳴器，
藉以構成發音狀態。例如發［P］音時，我們首先要把上下脣
合攏來，把口腔閉住，這種作用，語音學上叫作「成阻」(Ten-
sion)，這一過程就叫「成阻期」。

就一般情況來說，每個音都有成阻期，本節因為先討論
「閉塞音」，所以就把這個名詞先在這裏說明，以下討論到
「摩擦音」時，就不再討論這個名詞了。在某種特殊的條件
下，或受前後音節影響的條件下，成阻期可能就不存在。如
「assa」中的第二個「s」，因為它的成阻期已和第一個
「s」的除阻期結合在一起，它所需要的發音位置已由第一

個「s」準備好了，所以第二個「s」就自然地消失了成阻期了。又如我們閉著雙脣休息時開始發〔p〕這個音，就不必有第一階段器官的閉塞，因為這個姿勢本來已經形成了，所以也就省了成阻期了。

二、持阻 (Tenue)：

持阻是發音過程中的第二個階段，是形成「成阻」狀態以後到恢復正常狀態之前經過的持續肌肉緊張的階段。如我們發〔P〕音時，無論從開脣或閉脣開始，都可以感覺到有許多緊張的動作：上下脣緊緊地閉攏，橫隔膜、喉頭、舌頭都在用力，把空氣擠到雙脣後面，最後產生破裂作用。成阻和除阻在某些條件下可能不存在，但持阻却是在任何情況下都是必然存在的。

就閉塞音來說，持阻是口腔的完全閉塞，除了有聲閉塞音（即濁塞音）在持阻期內混合有聲帶顫動的微弱聲音外，純粹的閉塞音的持阻期是沒有聲音的。它的聲音產生在成阻期或除阻期，或同時產生在成阻和除阻期，除了它的除阻期不存在以外（如入聲字的塞音韻尾就不存在「除阻期」），一般的都在除阻期。

元音也是有持阻期的，元音的持阻期是結合著各種不同形式的共鳴器的肌肉緊張的；摩擦音的持阻是口腔持續收歛，讓口腔保持一條狹縫，使空氣流出，發生摩擦聲音。元音和摩擦音在成阻和除阻期是沒有聲音的。它們的聲音正好

產生在持阻期。此處既已把「持阻」的道理說明，下文討論到「摩擦音」和「元音」時，就不再重複此一名詞的含義了。

三、除阻 (D'etente)：

　　　　除阻是發音過程中的最後一個階段。當發音動作卽將完成的時候，發音器官由發音狀態變爲其它狀態就叫「除阻」。閉塞音的除阻是個破裂動作，或是單純的發音器官的休息放鬆；元音和摩擦音的除阻則是開口度的增減；或發音器官的休息放鬆。

　　在某些特殊條件，除阻階段也是可以不存在的。如「assa」這個當中的第一個「s」，因爲第二個「s」的成阻期正和第一個「s」的除阻期緊緊地結合在一起，於是也就用不著除阻了。又如廣州話「立」〔lap〕當中的〔—p〕，閉塞以後不發其它開口音，嘴脣用不著再打開，因此也就省去了除阻階段了。

貳、送氣與不送氣

　　送氣 (Aspirate) 與不送氣 (unaspirate) 是閉塞音和閉塞摩擦音所特有的現象，閉塞摩擦音我們在後面第五章第二節「音素的結合」中再討論，而送氣與不送氣則先在此說明。

　　在發塞音的時候，當成阻以後，持阻期所表現的就是緊張，這時凡跟發音有關的各部肌肉都成緊張狀態，除了各部

分緊張以外，還有些動作是我們所沒有覺察到的：第一：如果軟顎是垂下的話，它就往上升，掩住了鼻腔；第二：聲門關住了，空氣由各種有作用的器官——如舌、軟顎等——壓到阻塞部分的後面，等待爆發出去。這以上是指一般的不送氣的塞音而言的，如果是送氣的，情形又不同了，發吐氣音時，聲門是開放的，喉頭不上升，各種把空氣壓到阻塞部分去的器官，都是放開的。因為不送氣音是用咽頭或口腔中所有的空氣來發音的，而送氣音則是用肺部出來的空氣來發音的。送氣音又稱「吐氣音」，是指氣流較強的閉塞音而言的，塞擦音也分送氣不送氣，其現象與塞音相同。送氣音是和不送氣音相對而言的，發不送氣音時也有氣流從口中流出，但它的氣流較弱。送氣音其實是發音時後面帶了一個摩擦成分，這個摩擦成分經常是喉門摩擦音〔h〕，所以〔p′〕＝〔ph〕，〔t′〕＝〔th〕。漢語西北方言所帶的摩擦成分特別顯著，它們的摩擦成分比〔h〕的部位稍前，是〔x〕或〔ɕ〕，如太原話的「怕」〔pxA〕，西安話「皮」〔pɕi〕。通常是：送氣和不送氣跟清音的關係較大；在有些語言中（如英語、德語等），清音只是送氣的；在另有一些語言中（如法語、俄語等），清音只是不送氣的，但在漢語各方言裏，清音的送氣和不送氣的區別，都有辨義作用（如標準國語和北方官話、吳語等當中的「補」和「普」，「多」和「拖」，「哥」和「科」等）。在梵語和現代印度境內各語言（如印地語）裏，濁音的送氣和不送氣也具有辨義作用。

叁、不同發音部位的閉塞音

一、雙脣音(Bilabial)：

［P］類閉塞音的發音部位在於雙脣，所以我們就把它稱作「雙脣音」。發［P］音的時候，舌頭的動作是中立的，它的位置只隨著前後元音所要求的位置而轉移。閉塞音的動作是全部上下脣的接觸，但各語言中的［P］不一定都是一樣的。它可以因爲嘴脣緊接牙齒或向前伸呶而產生各種不同的色彩，不過這種分別是輕微的，沒有語言上（尤其是辨義）的作用，語言學家沒有用不同的符號去標明它們。這類音在中國的古代稱之爲「重脣音」，漢語中常用的雙脣閉塞音有［P］［P′］［b］［b′］等。

二、舌尖音與舌面音(Alveolar and palatal):

這一類閉塞音也是十分複雜的，單單稱之爲「舌尖音」「舌面音」「齦音」「硬顎音」或者詳細點兒稱之爲「舌尖閉塞音」「舌面硬顎閉塞音」，都還是不夠的；所以有些人稱這一類爲［t］類音，法語的舌尖塞音是舌尖動向上齒而形成的，英語的舌尖塞音則是舌尖動向齦而形成的。我們標英語時用［t］［d］兩個音標，標法語還是用［t］［d］兩個音標，不是泯滅了它們的不同之處了嗎？其實那也不妨，因爲在英語是有齦塞音而無齒塞音，法語則剛巧相反，

兩種語音互不相犯，則雖用相同的音標在標不同的音值，在「音位」上說是不成問題的。［t］類音的數目很多，其中最常見最純粹最典型的就是齒音的［t］，也就是國語注音符號中的［ㄉ］，所以一般人就拿「齒音」這個名詞去指一切的［t］。發這類音的時候，舌頭的作用是最重要的，它和整排的上齒發生接觸，舌尖和上門齒接觸，因此完全閉住了口腔。破裂的［t］，它的聲音就發生在舌尖離開上門齒讓空氣出去的時候。不破裂的［t］，它的聲音就發生在舌尖和上門齒接觸的時候，嘴唇是半開半閉的。如果舌尖和上齒齦接觸，這就叫做「舌尖齒齦音」。有時候，舌尖還可能和下門齒下齒齦接觸，不過，無論情況如何複雜，語言學家還只用相同的一個［t］來標這些音。但是，如果舌尖所接觸的地方是齒齦的後面，前部硬顎的地方，這就叫做「前顎音」的［t］，國際音標標作［ţ］（較［t］形長）。如果舌頭再往後退，而使舌面和中部硬顎相接觸，這就叫做「舌面中顎音」的［t］，或「顎音」的［t］，或「腦門音」，國際音標標作［ȶ］。如舌頭再向後伸，一直和接近軟顎的後部硬顎接觸，這就叫做「舌面後硬顎音」的［t］，或「後硬顎音」的［t］，國際音標標作［C］。如果發這種音的時候，破裂的地方佔有較多的舌部，我們所聽到的音，在印象中就不再是［t］，而是一種［k］了。不過，一般的情形，仍以舌尖上齒和舌尖上齒齦的［t］為最常用，縱使各語言中的［t］都有微細的差異，在「音位」觀點來看，

只要不會混亂了辨義，也就不必在音標上斤斤計較了。漢語中的［t］類音就是［t］［t′］［d］［d′］。

三、舌根音與喉門音(Velars' Uvulars and Laryngnal)：

這類音也因爲舌根與軟顎的阻塞，舌根與小舌的阻塞，喉門的阻塞等，分出很多不同部位的微細差異，不過爲簡易計，我們就一概稱之爲［k］類音好了。因爲整個顎蓋前後地位之異，我們可分之爲三部分：從齒齦起至於中顎，稱之爲「前顎音」的［k］；自中顎起至於硬顎的後部，稱之爲「後顎音」的［k］；發音時，閉塞的動作起於舌根和某一部分的顎蓋接觸的，稱之爲「軟顎音」的［k］，也叫做「舌根音」。部位的分別，有時不是輔音本身的原因，而是與此一輔音結合的前後不同的元音，往往會促使此一輔音的部位或前或後。因此，這一類音的小處有別，語言學家也並不給他們定出許多特別可以區分的符號，只用一個［k］就代表了所有不同部位的「軟顎音」，因此也就通稱之爲「軟顎音」。國語注音符號用「ㄍ」，也同樣是因爲元音之異而有部位上之區分的，發這類音的時候，舌尖可以自由地停放在門齒之後。雙脣是半開半閉的，有時因前後元音之異而或圓或展，發軟顎［k］時，嘴脣就是圓的。若閉塞的動作起於小舌和舌根的接觸，這聲音就叫「小舌音」或「舌根小舌音」，國際音標作［q］。這也是［k］類音中的一種。

　　另外還有一種與［k］類音很相近的「聲門塞音」，只有清音而無濁音，國際音標標作［ʔ］。發這個音的時候，閉塞的動作是聲帶的關閉，其破裂的聲音是由聲帶的突然開放而產生的，緊張是因橫隔膜的上升而影響到器官的緊縮。舌和脣都是自由的，只有時因與之結合的前後元音之異而會影響到舌與脣的形態而已。

肆、濁閉塞音與清閉塞音

　　濁閉塞音也叫「有聲閉塞音」和「帶音閉塞音」；清閉塞音也叫「無聲閉塞音」和「不帶音閉塞音」。

　　清（Voiceless）與濁（Voiced）的區別，不僅僅是塞音有這種現象，其它如擦音、塞擦音也都有清與濁兩類的，簡單的說：凡發音的緊張階段，有聲帶的均勻振動的，就是濁音，所以濁音是一種「響音」，而鼻音、邊音、顫音、閃音和半元音都是濁音，且有些濁音（如［m］［ŋ］等）有時是可以單獨成音節在語言中出現的。

　　從塞音方面來看，除了喉塞音之外，每一個清塞音都有一個濁塞音跟它相配的。跟［p］［t］［k］三類清塞音相配的濁塞音是［b］［d］［g］。若是在一個清塞音之後或在休息狀態之後發出濁塞音，聲帶的均勻振動就立刻跟著閉塞而來。若在一個元音或另一個輔音之後發出一個濁塞音，緊張期的聲帶的均勻振動就會繼續著前一音素的聲帶的均勻振動。若是在兩個濁音素之間發出一個濁塞音，這聲帶的均勻振動就

一直會繼續下去。發喉塞音時，因爲閉塞要切斷氣管和口腔的空氣交通，聲帶完全關閉，而要聲帶發生均勻的振動又需要合攏的時候還能讓空氣衝出，因此喉塞音就不可能產生濁音了。

除喉塞音外，每一清塞音都有一個濁塞音與之相配，因此有了清雙脣塞音〔p〕，也就有濁雙脣塞音〔b〕；有了清的舌尖齒齦塞音〔t〕，也就有濁的舌尖齒齦塞音〔d〕；有了清的舌尖前顎塞音〔t〕，也就有濁的舌尖前顎塞音〔ɖ〕；有了清的舌面中顎塞音〔ȶ〕，也就有濁的舌面中顎塞音〔ȡ〕；有了清的舌面後硬顎音〔c〕，也就有濁的舌面後硬顎音「ɟ」；有了清的舌根軟顎音〔k〕，也就有濁的舌根軟顎音〔g〕；有了清的舌根小舌音〔q〕，也就有濁的舌根小舌音〔G〕。

伍、軟閉塞音與硬閉塞音

從另外一個角度來看，閉塞音又可分爲「軟」、「硬」兩大類，或者有些語言學家稱之爲「剛」、「柔」兩類。通常是：凡是清的閉塞音，一定都是「硬塞音」；凡是濁的閉塞音，一定都是「軟塞音」。這種分別，可以從「浪紋計」所顯示的痕跡上看出來。若我們以同樣的力量去發〔t〕和〔d〕兩個音，我們就可看出它們之間不同的痕跡如下兩圖：

（〔t〕音圖）　　　　　　　　　　　（〔d〕音圖）

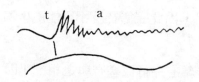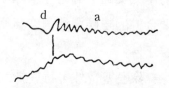

見圖可知清閉塞音〔t〕是硬的、剛的，濁閉塞音〔d〕是軟的、柔的。因為發濁音〔d〕時，我們必須用一部分的力量去使聲帶作均勻的振動，於是用以發閉塞音的力量就減少了一部分，因此也就自然地顯示出它的柔性，而減弱它的硬度了。軟、硬的區別，有時不完全在清濁的關係，我們曾發現德國有些方言，也有很軟的清塞音，不過，那是有它們歷史的因素在內的，因為那些很軟的德國方言中的清塞音，它們在古代原是濁塞音，到了現代雖消失了它們的聲帶振動，但發音時却仍沿用舊時那種比較少的力量，因此它們雖是清塞音，却仍保有它們祖先濁塞音時的軟度和柔性。凡是這一類軟音，因為歷史的關係，所以標注國際音標時，仍用濁音符，不過另外在濁音符之下加上一個〔。〕符號，如〔d̥〕是，這種音我們稱之為「清化音」。

第二節　摩擦音

　摩擦音（Fricative）是由於發音器官靠近，在口腔中造成一個隙縫形的通道，使氣流從隙縫中擠過時，發生的強烈

摩擦而成類似自然界的摩擦噪音（如拉鋸、擦拭等）的一種
聲音。所以它又叫「收斂音」(Constrictive)，也簡稱爲
「擦音」。廣義的摩擦音包括了「擦音」「邊音」「顫音」
「閃音」「半元音」五類，狹義的摩擦音只單指「擦音」，本
節所討論的是廣義的摩擦音。漢語中常用到的摩擦音有 [f]
[v] [s] [z] [ʂ] [ʐ] [ʃ] [ʒ] [ɕ] [ʑ] [x]
[ɣ] [h] [ɦ] [l] 等。摩擦音的發音也有成阻、持阻、
除阻三個階段，但發音却都是在持阻階段，這一點是和塞音
完全不同的。國語中的「沙」[ʂa]、「蒿」[xau]、「蘇」
[su]，英語中的「sister」[ˈsistə]、「Fish」[fiʃ]、
裏面的 [ʂ] [x] [s] [ʃ] 都是摩擦音。摩擦音因爲是可
以自由延長的，所以又有人稱它爲「久音」。

　　摩擦音也有清、濁兩類，清摩擦音是純粹的摩擦音，濁
摩擦音則是摩擦噪音和聲帶樂音的混合。摩擦音的音尾是開
口度的增減，或發音機關的休止和放鬆。所謂「開口度」就
是指緊張時口腔開張的洪細或寬緊而言的。發摩擦音時，若
後面接著是一個元音，它的音尾就在於增加開口度；若後面
沒有接上其它的音，它的音尾就可能有兩種情形：或是增大
開口度，或是縮小開口度，這要看發音人休息時要開口或閉
口而定。我們也可叫元音之前的摩擦音爲「破裂摩擦音」
（如「sa」中的「s」）；也可叫元音之後的摩擦音爲「不破
裂摩擦音」（如「as」中的「s」）。我們可從發音緊張的角
度去看，而稱「破裂摩擦音」爲「增强的摩擦音」；稱「不

破裂的摩擦音」爲「減弱的摩擦音」。

壹、擦　音（ Fricative ）

一、雙脣擦音(bilabial fricative)：

　　雙脣擦音的發音法是兩脣收歛，中間留一個狹縫，讓空氣從狹縫中擠出去，而發生摩擦的聲音。這是和雙脣閉塞音相配合的聲音，所以我們稱之爲雙脣擦音。雙脣擦音也可以有清和濁的區別。濁的就是〔Ｖ〕的雙脣化，清的就是〔ｆ〕的雙脣化。所以最初的國際音標就用大寫的〔Ｖ〕〔Ｆ〕來標這兩個音。又因爲它們是〔ｂ〕和〔ｐ〕的擦音，所以有的人就用〔ƀ〕和〔ｐ̱〕來標這兩個音。現在一般的語言學家所通用的音標是：用〔Φ〕來標清的雙脣擦音，用〔ß〕來標濁的雙脣擦音。

二、脣齒擦音(labio-dental fricative)：

　　發脣齒擦音的時候，上齒與下脣接觸，中間留一狹縫，讓空氣從這狹縫中擠出去，而發生摩擦的聲音，發音時舌頭是中立的，隨著與這種擦音相配的元音之前後而移動位置。如果雜有聲帶的樂音，也就是濁的脣齒擦音了。國際音標標清的脣齒擦音用〔ｆ〕，標濁的脣齒擦音用〔Ｖ〕。清脣齒擦音在國語中是很常用的，注音符號「ㄈ」，漢語方言中除少數南方方言中是用〔ｐ〕〔ｐ′〕替代的以外，一般的地區都

是常用的。英語的「Fish」，德語的「von」（德語的［V］讀成［f］，因爲這是古代濁音的清化音），法語「Faire」等是。濁的脣齒擦音如英語的「velue」，德語的「Wunderbar」（德語的「W」讀爲［V］），法語的「vert」，以前我們的國語注音符號曾制訂有「万」母，就是濁的脣齒擦音，後來因爲指定以北平音爲「標準音」，而北平音中沒有［V］音，所以也就把「万」給取消掉了。脣齒擦音在中國的古代是稱爲「輕脣音」的，那是因爲與雙脣塞音稱「重脣音」相對稱的緣故。實際上脣齒擦音並沒有一個可以和它相配的脣齒閉塞音。

三、舌齒擦音（邊齒音 lamina-dental fricative）：

發邊齒音的時候，是把舌尖伸出上下門齒的中間，舌頭很靠近門齒，讓空氣從兩旁的犬齒旁邊擠出去，兩頰稍微有點兒鼓起。西班牙的某些方言有這種音。不過像前述那種標準式的發音法是極少有的，通常發這種音的語言，舌頭並不完全和上門齒緊接，而空氣從門齒和舌尖之間擠出去，這叫做「舌齒擦音」。若發音時除原有的摩擦噪音外，又混有聲帶的樂音，那就是濁的舌齒擦音，否則就是清的舌齒擦音。濁舌齒擦音的國際音標是［ð］，清舌齒擦音的國際音標是［θ］。清音如英語的「Thing」，濁音如英語的「Then」。至於純粹的「邊齒音」則並無特別的國際音標符號，因爲邊

齒音並不是多數語言所有的音。這一類的音也與脣齒擦音一樣，沒有跟它相配合的閉塞音。

四、舌尖齒齦擦音 (apico-aveolar fricative)：

　　　　舌尖齒齦擦音也就是我們通常所謂的「噝音」。發音時，舌尖向上翹起，跟上齒齦接觸，舌葉向下凹成一條孔道，讓空氣從那縫隙中擠出去，這時在上下門齒之間就會發生聲音。發舌尖齒齦擦音時的上下門齒是靠得非常近的。近得有些地方都會相碰在一起。若在發音時除了這個音本身的摩擦噪音以外，另還混雜著聲帶的樂音的，那就是濁的舌尖齒齦擦音，否則就是清的舌尖齒齦擦音。清音的國際音標是〔S〕，濁音的國際音標則是〔z〕。清音如英語的「sing」，法語的「si」，國語的「思」〔sʅ〕等是；濁音則如英語的「zeal」，法語的「zero」，上海話的「是」〔zʅ〕等是。跟這種音相配合的閉塞音是〔t〕和〔d〕兩個舌尖音。

五、捲舌擦音 (retroflex fricative)：

　　　　捲舌擦音又稱「舌尖前顎擦音」，發音的方法和〔S〕〔Z〕是一樣的，不過，當舌尖向上舉起時，不是和上齒齦接觸，而是和前顎接觸，成爲捲舌的狀態，所以我們稱之爲「捲舌擦音」。發音時如果還混雜有聲帶的樂音的話，那就是濁的捲舌擦音，否則就是清的捲舌擦音。清的捲舌擦音的國際音標用〔ʂ〕，濁的用〔ʐ〕。清的如國語裏的「詩」

〔§ʅ〕，注音符號是「ㄕ」；濁的如國語裏的「日」〔ʐʅ〕，
注音符號是「ㄖ」。這種音雖在中國北方常用，但在其它的
語言裏却是極少有的。跟這種音相配合的舌尖前顎閉塞音是
〔ʈ〕和〔ɖ〕。

六、舌葉前顎擦音(Lamina-palatal fricative)：

舌葉前顎擦音有些人又稱之爲「噓音」的。當舌尖
下垂，舌葉向上拱起，而與前顎接觸時，使上齒齦與舌葉之
間形成一個洞孔的狀態，而讓口腔中多了一個共鳴器，空氣
就從這當中擠出去，於是也就發出這個音了。如果除了摩擦
噪音以外，另又混雜了一些聲帶的樂音的，那就是濁的舌葉
前顎擦音，否則就是清的。清音的國際音標是〔ʃ〕，濁音
則是〔ʒ〕，清音如英語的「Fish」中的「sh」；濁音如英語
「Measure」中的「S」。還有一種跟〔ʃ〕類很相近的音，
發音時，把舌尖舉起，使它跟前顎接觸，在舌尖與上齒齦之
間形成一個共鳴器；並且再將嘴脣向前呶，撮脣而成圓形，
又形成了一個共鳴器，連舌尖後面的共鳴器計算在一起，共
有三個共鳴器；如法語「cheval」中的「ch」發的是〔ʃ〕
的音，法語「change」中的「ge」發的是〔ʒ〕的音。這種
音與前述的〔ʃ〕類音，明明是有著一些不同的，但因用「音
位」拼音，並不妨礙辨義，所以國際音標仍用〔ʃ〕和〔ʒ〕，
並沒有特別制訂出兩個不同的音標來和前述的〔ʃ〕類音
區別。〔ʃ〕類摩擦音是沒有跟它相配合的閉塞音的。

七、舌面中顎擦音(dorsale-central palatal fricative):

　　舌面中顎擦音在漢語中是常用的音，但在其它語言中却非常少見。發這種音的時候，舌面向上舉起，和中顎接觸，中間留一個狹隙，讓氣流從狹隙中擠出去，聲音就在這擠出去的時候產生。要是在發音時除了摩擦噪音以外，又混雜有聲帶的樂音的，那就是濁的舌面中顎擦音，否則就是清的。清的舌面中顎擦音國際音標用 [ɕ]，國語注音符號是「ㄒ」；濁的舌面中顎擦音國際音標用 [ʑ]。清音如標準國語的「西」[ɕi]，濁音如浙江黃岩讀「奚」字的音，讀成 [ʑi]。可以和舌面中顎擦音相配合的是 [ȶ] 和 [ȡ] 兩個舌面中顎閉塞音。

八、舌面後硬顎擦音(dorsale-back palatal fricative):

　　發音時舌尖下垂，舌面兩邊向上舉起，跟兩邊的上齒接觸，舌面向上鼓起，而跟後硬顎接觸，與發 [i] 音的方法，形態都很像，不過，口腔部分稍為小一點兒，這樣的情況之下，使氣流向外擠出去，而產生摩擦的聲音。如果發音時雜有聲帶的樂音的，那就是濁的舌面後硬顎擦音，否則就是清的舌面後硬顎擦音。清音的國際音標用 [ç]，濁音則用 [j]。清音如德語「ich」中的「ch」讀 [ç]，福州話的

「希」〔ɕi〕。濁音如英語「yes」中的「y」讀〔j〕，德語「ja」的「j」，國語注音符號的「一」用作聲母時都是讀作〔j〕的，如「煙」比較嚴格的標音應該是〔jɛn〕。跟這一對擦音相配合的舌面後硬顎閉塞音是〔C〕和〔ɟ〕。

九、舌根軟顎擦音(velar fricative)：

　　舌根軟顎擦音，有些人簡稱之為「軟顎擦音」。發這種音的時候，是舌根向上舉起而和軟顎接觸，中間形成一道狹窄的縫隙，空氣就從這道縫隙中擠出去，而發出摩擦的聲音。若在發音時又同時混雜有聲帶的樂音的話，那就是濁的舌根軟顎擦音了，否則就是清的舌根軟顎擦音。清的軟顎擦音國際音標用〔X〕表示，濁的則用〔ɤ〕表示。清的如德語「ach」中的「ch」發〔X〕的音，標準國語中的「黑」〔xei〕聲母就是這個音，注音符號用「ㄏ」；濁的則如德語「wagen」中的「g」發「ɤ」的音。跟舌根軟顎擦音相配合的閉塞音是〔k〕和〔g〕兩個音。

十、舌根小舌擦音(uvular fricative)：

　　舌根小舌擦音又簡稱為「小舌擦音」。發這種音的時候是舌根向上提高而與小舌接觸，中間留一道狹窄的縫隙，而讓氣流從縫隙中擠過去的時候發出聲音。若在發音的同時還混雜有聲帶的樂音的話，那就是濁的舌根小舌擦音，否則就是清的舌根小舌擦音。清的小舌擦音國際音標用〔χ〕

表示，濁的則用 [ʁ] 表示。英法德語和我們的漢語都沒有這種音，只有阿拉伯語中有這種音。與舌根小舌擦音相配合的閉塞音是 [q] 和 [G] 兩個舌根小舌音。

十一、喉壁擦音 (laryngal fricative)：

　　喉壁擦音又稱「咽頭擦音」。發這種音的時候是咽頭收縮，空氣從中間的洞孔中衝出，而與喉壁產生摩擦的聲音。若在發音的同時還混雜有聲帶的樂音的話，那就是濁的喉壁擦音，否則就是清的喉壁擦音。清的喉壁擦音國際音標用 [ħ] 表示，濁的用 [ʕ] 表示。用這一類音的語言很少，也沒有跟它們相配合的閉塞音。

十二、喉門擦音 (laryngo-pharyngeal fricative)：

　　喉門擦音是因為兩條聲帶靠得非常的近，只留一條狹窄的縫隙，讓空氣從這縫隙中通過而產生摩擦的聲音。若在發音時，聲帶靠近到可以發生均勻的振動的程度，而聲帶的後部則因破裂軟骨的抽動而放開一個洞孔，空氣可從這洞孔出去並且摩擦以成聲音，這就是濁的喉門擦音了，如果聲帶並沒有發生均勻的振動，所發出的音只是單純的摩擦噪音而無聲帶的樂音的話，那就是清的喉門擦音了。清的喉門擦音國際音標用 [h] 表示，濁的則用 [ɦ] 表示。清的如英語「Hat」中的「H」和德語「Haus」中的「H」是；濁的則如廣州話「鹹」[ɦam] 中的 [ɦ] 是，通常有所謂「吐氣擦音」

的就是指這種擦音而言的。清的喉門擦音有喉門閉塞音〔ˀ〕
和它相配合，至於濁的喉門擦音則沒有與它相配合的喉門閉
塞音。

貳、邊　音（ Lateral ）

以前的研究語言者，都把邊音和顫音同樣地歸入「流音」
的一類，所謂「流音」是憑著對輔音呼氣輕重緩急的感覺來
說的，一般人把邊音和顫音叫作「流音」，又叫作「滑音」，
因爲邊音發音時氣流經舌緣輕輕地滑出，可以喻爲水流之流，
國語中「流」〔liou〕裏面的〔l〕，便是邊音；至於顫音氣
流通道的不斷開放也足以緩和本來就很輕微的爆裂性，給人
一種發音柔和的印象。又有人把「鼻音」也歸入流音，那是
因爲鼻音發音時氣流自由流出鼻腔，口腔內阻塞解除時爆裂
性不强這一點來著眼的。

不過，無論如何，邊音和顫音、鼻音的發音方法都不相
同，所以現代的語言學家把它們分開，認爲顫音固然是一種
摩擦音，邊音卻是另一種，至於鼻音則根本不同類，就不必
在此論及了。

邊音在發音時，是舌頭的一部分跟齒齦或前顎接觸，口
腔中縫阻塞，聲音由舌頭的兩邊輕輕地滑出，不過，在發音
人個別的情況下，也可能有些人是在舌的一邊滑出的。但在
聽覺的印象上，從兩邊滑出與從一邊滑出，並沒有不同的感
覺，而在語言上說，也沒有區分的價值，所以發音人的氣流

是從一邊滑出或兩邊滑出就沒有人去計較了。邊音的氣流流出是緩緩地從舌緣流出，摩擦成音，所以稱爲「流音」和「滑音」都是適切的，不過，無論怎麼稱，它總還是摩擦音的一種。邊音是沒有任何的閉塞音跟它相配合的。

通常因爲氣流滑出舌緣時的摩擦有強弱的不同，大略的分，邊音可分成三個類型，茲分述如下：

一、舌尖齒齦邊音(apico-aveolar lateral)：

舌尖齒齦邊音又簡稱作「齒邊音」。發音時，舌尖抬高而與上齒齦接觸，舌葉平置，氣流由舌的兩緣輕輕滑出。這類音都是濁音，換言之都在發音時混雜有聲帶振動的樂音，但也偶有因受他種聲音的影響而消失聲帶的樂音，變成清音的，如法語的「plume」，其中的「l」因受「p」的影響而清化了。這類音國際音標是用〔l〕來表示的，我們的標準國語如「來」〔lai〕、「力」〔li〕、「連」〔liɛn〕等音中的〔l〕都是這一類邊音。同樣的是「舌尖齒齦邊音」，但有時候舌邊的摩擦十分強烈，則其國際音標就用〔ɬ〕來表示，這是清音的符號，濁音的符號是〔ɮ〕。西藏語「拉薩」〔ɬasa〕中的〔ɬ〕就是舌邊摩擦十分強烈的。

二、舌尖前顎邊音(apico-palatal lateral)：

舌尖前顎邊音又稱「捲舌邊音」，發音的方法和動作跟舌尖齒齦邊音是相同的，只是舌尖不接觸齒齦，而接觸

前顎有所不同。這一種邊音的國際音標是用〔l〕來表示的。

三、舌面後硬顎邊音(dorsale-back palatal lateral):

　　　　舌面後硬顎邊音又稱爲「顎化邊音」，發音時舌面和上顎接觸，而且相接的面積很廣，氣流從舌緣滑出而摩擦成音。國際音標用〔ʎ〕來表示，如意大利語「Gli」中的「l」就是發〔ʎ〕音的。

叁、顫　音(Rolled)

　　顫音也有些人是稱之爲「抖音」的。它藉著某一個富有彈性的發音器官，如軟顎、舌尖、小舌等，使它們發生顫抖，造成了氣流通道開放和阻塞的急速交替而成音。這種輔音可以看作是由許多爆發性較弱的塞音構成的結合音，所以又有人稱之爲「間歇塞音」的。但因爲它是連續發生的塞音，是一種「久音」，與塞音的一爆卽止的情況不同，而且單憑聽覺感受仍把它看成是一種延續性簡單音，似乎與邊音相近，所以有些人就把它與邊音歸爲一類，稱之爲「流音」或「滑音」。所以通常從它的「延續性」這一點來看，就把它歸入摩擦音當中去了。

　　因爲這一類音發生顫動的器官是舌尖、小舌和軟顎，所以通常據顫抖部位之異，而分這類音爲兩種，茲分述如下：

一、舌尖顫音(apical rolled)：

舌尖顫音是比較普通的一種，發音時舌尖高舉，而與齒齦齊，利用舌尖的彈性而生若斷若續的顫抖而成顫抖音，同時也混合著聲帶的樂音的顫抖音，如德語中的「Ｒ」音和俄語中的「Ｐ」〔r〕音是。英國南方的方言裏，發「Ｒ」音時舌尖多不顫抖，變成了一種擦音性質的「Ｒ」音。這兩種音的國際音標是有別的，舌尖有顫抖的「舌尖顫音」用〔r〕來表示；舌尖沒有顫抖的「舌尖顫音」則用「ɹ」來表示。

二、小舌顫音(uvular rolled)：

小舌顫音也稱「舌根顫音」。發音時舌根向上提高，而和小舌接觸，這時小舌、舌根、軟顎統統都起顫抖，同時又混合著聲帶的樂音，法語「Rien」中的「Ｒ」就是發這種音的，國際音標是用〔R〕來表示的。

肆、閃　音（Flapped）

閃音的發音時是富有彈性的某個發音器官輕微地顫動一次，像是個柔軟的、閉塞不全的塞音。由於它同顫音的連續顫動不同，所以有人稱之爲「半抖音」。通常的閃音是舌部和上顎相搏擊，像是小鳥鼓翼似的。通常的閃音分兩種，但兩種以外另有一種「舌根或小舌的閃音」，是舌根閃音或小舌顫音的搏擊音，它與舌根顫音的區別極微，國際音標的符

號還是用舌根顫音的符號〔R〕來表示的。茲分述通常的兩種閃音如下：

一、舌尖齒齦閃音(apico-aveolar flapped)：

　　這是舌尖和齒齦的搏擊音，國際音標用〔ſ〕來表示，發音的同時是混雜有聲帶的樂音的。部分英語地區發「very」〔veſi〕一字中的〔ſ〕是舌尖齒齦閃音。

二、舌尖前顎閃音(apico-palatal flapped)：

　　舌尖前顎閃音是舌尖和前顎的搏擊音，發音的同時也是雜有聲帶的樂音的，國際音標用〔ɽ〕來表示。如英語「sorry」中的〔ɽ〕就是屬於舌尖前顎的閃音。

伍、半元音（ Semivowels ）

　　半元音是摩擦音的一種，實際上也就是一種摩擦輔音，所以有人又稱之為「半輔音」(semiconsonat)。不過，半元音發音時的摩擦較一般輔音的摩擦輕，所以又稱「無擦通音」。由於半元音的樂音性成分較大，介乎元音和輔音的中間，「半元音」或「半輔音」也就因此而得名。通常的半元音有三種，都是帶有輕微的摩擦的，另有一種是「摩而不擦的延續音」，也可以算是半元音的一種，也與前三者一起列述在下：

一、前顎半元音(front palatal):

這種半元音就是減低摩擦成分的［j］，［j］原本是「舌面後硬顎濁擦音」，不過前顎半元音的發音部位，發音方法也與舌面後硬顎濁擦音相同，所不同的只是摩擦成分減低，樂音成分增高而已，因此國際音標仍用［j］來做這個半元音的符號。標準國語中當作聲母用的注音符號「ㄧ」（介音之ㄧ），就是前顎半元音。這種半元音在理論上講，應當是帶音的，但有時因受了清輔音的影響，往往也會失去聲帶的振動而變化爲無聲的半元音，如法語「Tiens」中的「i」因爲受「T」的影響而變成了無聲的「j」，這種情形叫作「濁音清化音」，國際音標是在原符號下面加一個［。］號，來表示它的清化，它的寫法是［j̥］。

二、軟顎半元音(soft palatal):

國語注音符號中的［ㄨ］，國際音標作［u］，當這個［u］的前面沒有任何輔音當作聲母用的時候，它自然就會發生一些輕微的摩擦。因爲發音的時候，兩唇撮成圓形，所以又稱「雙唇軟顎半元音」。國際音標作［W］。從理論上說，這種音的樂音性成分一定是很大的，但有時候因爲受了清輔音的影響，也可能會消失聲帶的均勻振動而變成無聲的半元音。凡是無聲的［W］，國際音標就用［ʍ］或［W̥］來表示。

三、雙脣前顎半元音(round-palatal)：

　　　　國語注音符號中的「ㄩ」，國際音標標作〔y〕，當這個〔y〕的前面沒有拼上任何的輔音當作聲母的時候，它自然就會發生一些輕微的摩擦。因為是和圓脣前高元音的發音部位和發音方法相同的，換言之也就是把半元音〔j〕圓脣化，所以我們就稱之為「雙脣前顎半元音」。國際音標標作〔ɥ〕。從理論上來說，這種音的樂音成分也一定是很大的，但有時候因為受了清輔音的影響，也可能會變成無聲的半元音。凡無聲的〔ɥ〕，國際音標就把它寫作〔ɥ̥〕。

四、摩而不擦的延續音(weaked fricative)：

　　　　從廣義的半元音角度來看，摩而不擦的延續音，也可以算是半元音的一種。這種音和其它的半元音一樣，也是摩擦性極為輕微的，但它却實在具有摩擦音所有的特性：延續的發音，也就是說，它是一種「久音」。這種音因發音部位之異，也可分為三種，茲分述如下：

1. 脣齒摩而不擦音：國際音標標作〔ʋ〕，實際上這就是減低摩擦性的〔V〕。

2. 舌尖齒齦摩而不擦音：國際音標標作〔ɹ〕，實際上這就是消失顫抖性和減低了摩擦性的〔r〕。

3. 舌根小舌摩而不擦音：這是失去了強烈摩擦性（仍有輕微的摩擦）的濁舌根小舌摩擦音〔ʁ〕，國際

音標沒有特別制訂一個新的符號，仍然是用〔ʁ〕來標注的。

第四章　元　　音

　　元音（Vowel），日本人或譯「Vowel」為「母音」的，
意在與譯「Consonat」為「子音」對稱，實際上從發音的性
質上來說，根本無所謂「子」「母」的關係，其所謂之不恰
當自是不言可喻的。至於更有主張譯「Vowel」為「主音」
而與譯「Consonat」為「僕音」相對稱，其紕謬之理與「子」
「母」之譯法相同，毋庸贅評之矣。

　　元音和輔音一樣，也是音素中的兩個基本大類。元音有
三種特徵，茲分述如下：

　　第一，發元音時，氣流在咽腔、口腔、鼻腔等各個部分
都不會碰到任何阻礙，只需利用口腔、鼻腔等造成不同
的共鳴器就可以發出各種不同的元音。

　　第二，發元音時，發音器官的緊張狀態是均衡的，並沒
有任何一部分特別緊張的一點。

　　第三，發元音時，氣流要比發輔音（尤其是清輔音）時
弱一些

　　元音的這三個特徵不是孤立的，識別元音時需要把它們
緊密地結合起來，作一體去看，而三個特徵之中以第一
個特徵尤為重要。

　　除上述的三個特徵外，還有一些語言學家的意見也可供

參考：如元音都是樂音，發一個元音時，除聲帶作均勻的振動以外，其它發音器官都是靜止的，等等，這些意見都可以把它看成是元音的一般特徵。

根據上述的那些特徵，在我們的標準國語中就可以找到七個基本元音，那就是〔a〕〔o〕〔ə〕〔e〕〔i〕〔u〕〔y〕。

元音的分類，如果純粹以物理的觀點來看，雖極微細的一點兒差異也把它區分開來的話，則脣狀的少變，舌的前後高低略有移動，所發的元音就必然是不同的；但從發音學和音位的觀點來看，人類發音器官移動，不可能每次發同一個元音時都能保持一個標準的程度，而聽覺器官對某些相近的音之區分，也不可能精細到像物理發音的實驗一樣；況且語言中所用到的，只是幾個元音罷了，這幾個元音都是以「音位」為度，以「辨義」為準，即使少有差異，若不影響辨義，也就可以被承認了。因此，我們對元音分類，也只是以一般語言常用、感官易於辨別的幾個音為準，玆分別舌面和舌尖兩方面列述如下。

第一節　舌面元音

壹、前元音（ Front Vowels ）：

一、高前元音：〔i〕〔y〕

舌面前盡量向上，舌尖抑下，舌邊向上拱起，接近上齒，

而以不產生摩擦的聲音爲度，雙脣向兩邊平展，開口度最細，就可發出標準國語「衣」的音，注音符號用「ㄧ」，國際音標用［i］。

　　［i］是展脣的高前元音，與［i］同位置而脣狀是圓的則有［y］元音，謂之爲「圓脣的高前元音」，如國語注音符號中的［ㄩ］，德語的「Über」就是這個［y］。

二、半高高前元音：［1］［Y］

　　舌面比［i］的位置低了一點點，舌邊稍爲抑下，口角距離略小，一切發音部位大體上都和［i］很相近，就可發出美國話「Live」［liv］的「i」音，國際音標用［1］。

　　［1］是展脣的半高高前元音，還有一個跟它配合成一對的「圓脣半高高前元音」，發音部位與［1］完全相同，只是脣狀是圓的，國際音標是［Y］。

三、半高前元音：［e］［ø］

　　舌面前升至全高與全低之間的三分之二高度，就發出四川話「勒」「格」「宅」等字的元音，國際音標用［e］來表示。發這音時開口度比［I］更洪，舌尖比較更往後縮，雙脣略作扁形。如法語的「′et′e」，國語注音符號的「ㄝ」是。

　　［e］是「展脣的半高前元音」，它也有一個跟它相配成對的「圓脣半高前元音」，發音部位與［e］完全相同，

只有脣狀是圓的，國際音標是［ø］，如法語「deux 」的「eu 」是發［ø］音的。

四、中前元音：［E］

舌面前從［e］的位置降到不高不低的適中高度，就可發出這個音，發音時的開口度比［e］更洪，舌尖也更往後縮。這個音一般的語言比較少用到，也沒有跟它配合的「圓脣元音」，國際音標是用［E］來表示的。

五、半低前元音：［ɛ］［œ］

舌面前僅升至全低與全高之間的三分之一，就可發出如英語「at 」的「a 」和「air 」的「ai 」音，法語「mer 」中的「e 」也是這個音。發音時舌尖比［E］更往後縮，開口度更洪。國際音標是用「ɛ 」來表示的。

［ɛ］是「展脣的半低前元音」，與它配合成對的「圓脣半低前元音」是［œ］，發音時的部位與［ɛ］完全相同，只是脣狀是圓的罷了。

六、半低低前元音：［æ］

舌面前僅升至全低與半低之間的位置，就可發出英語「cat 」中的「a 」音，發音時舌尖比［ɛ］更往後縮，開口度更洪。國際音標是用［æ］來表示的，這個音只有展脣的，沒有跟它相配合而成為一對的「圓脣半低低前元音」。

七、低前元音：〔a〕

舌面前差不多保持平常休止的高度，只是略向前移，舌的中部略向上拱起，開口度比〔æ〕更洪，口角稍向兩邊平伸，就可發出如國語「哀」〔ai〕、「安」〔an〕中的〔a〕音，法語「patte」中的「a」也是這個音。國際音標就用〔a〕來表示，這個音也只有展脣的，而沒有跟它相配合成為一對的「圓脣低前元音」。

貳、後元音（Back Vowels）：

一、高後元音：〔u〕〔ɯ〕

舌面後升至高的地位，舌尖抑下，舌根盡量向後收縮，開口度極小，雙脣向前呶出而成小圓形，就可以發出國語「烏」〔u〕和英語「too」〔tu:〕的〔u〕音，法語「sous」中的「ou」也是這個音，國際音標用〔u〕表示。

〔u〕是「圓脣的高後元音」，與它配合成對的「展脣的高後元音」是〔ɯ〕，發音部位與〔u〕完全相同，只是脣狀是展的罷了。

二、半高高後元音：〔U〕

舌面後升至半高與全高之間的地位，而略向前移，開口度比〔u〕略開，但還是圓脣的，就可發出英語「book」〔buk〕

中的〔u〕音。這個音與〔u〕差別極微，是介乎〔u〕和
〔o〕之間的，如英語「too」、「book」兩字，嚴格的讀
音，才能區別得出它們之中前者是〔u〕，後者是〔U〕，
馬虎一點兒的人，可能就分不開了。有些字典標「too」爲
〔tu：〕，標「book」爲〔buk〕，有人把它們看成是元音
長短之別，其實它們之間主要的是舌位高低之異，並非長短
之異，只是差別甚微，不仔細的人不易區分罷了。

　　〔U〕是「圓脣的半高高後元音」，在一般的語言當中，
沒有發現跟〔U〕相配對的「展脣半高高後元音」。

三、半高後元音：〔O〕〔ɤ〕

　　舌面後升至半高的地位，舌前略凹，且比〔U〕更前移，
開口度也更洪，但仍是圓脣的，就可發出國語「窩」〔uo〕
和英語「go」〔gou〕中的〔O〕音，法語「homme」中
的「O」也都是這個音。國語注音符號是用「ㄛ」來表示的，
國際音標是〔O〕。

　　〔O〕是圓脣的，與它相配合而成對的「展脣半高後元
音」是〔ɤ〕，標準國語中的「鵝、餓」等都是這個音，注
音符號用「ㄜ」，國際音標則用〔ɤ〕。

四、半低後元音：〔ɔ〕〔ʌ〕

　　舌面後升至半低的地位，而比〔O〕更前移，開口度也
更洪，但脣狀還是圓的，就可發出英語「dog」〔dɔg〕、法

語「port」［pɔt］中的［ɔ］音，國際音標用［ɔ］來表示。

　　［ɔ］是圓唇的，與［ɔ］相配成對的「展唇半低後元音」是［ʌ］，如英語「up」［ʌp］中的［ʌ］就是這個音，國際音標是用［ʌ］來表示的。

五、低後元音：［ɒ］［ɑ］

　　舌面後略向後移，且又向上隆起，口腔開得極大，但雙唇却是圓的，這時就可發出英語「Saw」「law」二字的「aw」音，國際音標用［ɒ］來表示。

　　［ɒ］是「圓唇的低後元音」，與［ɒ］相配成對的「展唇後低元音」是［ɑ］，英語中的「Pass」［Pas］、「park」［pak］及標準國語的「大」［ta］、注音符號中的「ㄠ」［au］、「ㄤ」［aŋ］裡面的［a］，如果用「嚴式標音法」的話，都應該用這個音。國際音標是用［ɑ］來表示的。

叁、央元音（Central Vowels）：

一、高央元音：［ɨ］［ʉ］

　　當舌面不前不後的中心，升到高的地位，雙唇向兩旁平伸，像發［i］元音似的，這時就可發出高央元音，國際音標用［ɨ］來表示。

　　［ɨ］是「展唇的高央元音」，與［ɨ］相配成對，而

發音部位完全相同，只有脣狀是圓的，發音像是發〔u〕似的，那就是「圓脣的高央元音」了，國際音標是用〔ʉ〕來表示的。

二、半高央元音：〔ɘ〕〔θ〕

當舌面不前不後的中心，升至半高的地位，雙脣的形狀和開口度都和發〔e〕音一樣，這時就可發出半高央元音，國際音標用〔ɘ〕來表示。

〔ɘ〕是「展脣的半高央元音」，與〔ɘ〕相配成對，而發音部位完全相同，只有脣狀是圓的，發音像是發〔O〕音似的，那就是「圓脣的半高央元音」了，國際音標用〔θ〕來表示。

三、中央元音：〔ə〕

舌位介乎半低半高之間，在舌面的不前不後之中心，脣狀雖是展的，但却是極度自然的、不大不小的開口度，發音像是注音符號的「ㄜ」的樣子，這就可發出「展脣中央元音」了，國際音標用「ə」來表示。標準國語中的「鵝」「餓」多數人多發〔ɣ〕音，而「恩」〔ən〕、「亨」〔xəŋ〕中的〔ə〕就是在舌面中央發音的了。

〔ə〕音沒有相配的「圓脣中央元音」，因此有些人稱〔ə〕為「脣狀不圓不展的中央元音」，實際上它只是一種極自然的脣狀，應該列入「展脣」一類中去才是。

四、半低央元音：［ɜ］［ɞ］

　　舌面不前不後的中心，升至半低的地位，雙脣的形狀和開口度都和發［ɛ］音一樣，這就可發出「半低央元音」［ɜ］了，國際音標因爲它和［ɛ］有相似處，所以就把［ɛ］反一個面兒，而用［ɜ］來表示。

　　［ɜ］是「展脣的半低央元音」，與［ɞ］相配合成對而發音部位和［ɜ］完全相同，只有脣狀是圓的，發音有點兒像［ɔ］似的，那就是「圓脣的半低央元音」了，國際音標是用［ɞ］來表示的。

五、半低低央元音：［ɐ］

　　舌面不前不後的中央，略升至低與半低之間，雙脣的形狀和開口度都和發［æ］音一樣，這就可發出「半低低央元音」了，這是一個最爲自然的元音，發這音時，舌面中央升得極少，脣幾乎不動，只讓聲音從喉部自然地發出。國際音標是用［ɐ］來表示的。

　　［ɐ］也應該算是「展脣的半低低央元音」，但因沒有與它相配成對的圓脣元音，同時它的發音、展脣和開口度，都是極爲自然的，所以一般語言學家也就視［ɐ］爲「不圓不展」的央元音了。

六、低央元音：〔A〕

舌位在低的位置，在舌面不前不後的中央，就可發出如標準國語「啊」的音，國際音標用〔A〕來表示。〔A〕是介乎〔a〕和〔ɑ〕之間的低元音，脣狀也是十分自然的；開口度適中，有點兒像〔ɐ〕。標準國語中的「安」「啊」「大」三字都有〔a〕元音，寬式的標音只算一個「音位」，標作〔an〕〔a〕〔ta〕；但嚴式的標音却發覺它們實在是三個不同部位的「音素」，應標作〔an〕〔A〕〔tɑ〕才是。

第二節　舌尖元音

前面我們所說的「前元音」「後元音」「央元音」，都只是指舌面元音而言的，這一節我們所要舉的是舌面以外的「舌尖元音」(Apicale)，一般語言中都以舌面元音為多，漢語中却有不少的字是用「舌尖元音」的，而這些舌尖元音在距今約八百餘年以前，原本都是舌尖輔音後的〔i〕元音，到後來才演變成「舌尖元音」的。所以，我們說漢語的基本元音只有〔a〕〔o〕〔ə〕〔e〕〔i〕〔u〕〔y〕七個，就是這個緣故。

壹、舌尖前高元音【ㄭ】【ㄩ】

　　舌尖前高元音也就是「　舌尖齒齦元音　」，發音部位和〔s〕相同，但舌尖略爲下降，沒有〔s〕的摩擦噪音，而全是聲帶的樂音。國際音標用〔ㄭ〕來表示，標準國語中的「資」〔tsㄭ〕、「雌」〔ts‘ㄭ〕、「思」〔sㄭ〕都是用這個元音拼出來的。至於注音符號標音時，只用「ㄗ」「ㄘ」「ㄙ」而不用「韻母」，那是不合音理的，不過「國語學」界的學者們，大家一致同意「ㄗ」「ㄘ」「ㄙ」和「ㄓ」「ㄔ」「ㄕ」「ㄖ」七個聲母可以不用韻母拼音，那是爲推行國語方便起見，並不是說在音理上該當如此的。

　　〔ㄭ〕是「展脣的舌尖齒齦元音」，與它同發音部位、同發音方法，而脣狀是圓的一個音，那就叫做「圓脣的舌尖齒齦元音」，國際音標用〔ㄩ〕來表示，上海一帶人說「豬」〔tsㄩ〕、「書」〔Sㄩ〕，都是這個元音。

貳、舌尖後高元音【ㄭ】【ㄩ】

　　舌尖後的高元音也就是「舌尖前顎元音」，又叫「捲舌元音」，發音部位和〔ʂ〕相同，但舌尖略爲下降，使空氣不致與上顎相接而產生摩擦的噪音，而全是聲帶均勻振動的樂音，國際音標用〔ㄭ〕來表示。標準國語中「知」〔tʂㄭ〕、「癡」〔tʂ‘ㄭ〕、「詩」〔ʂㄭ〕、「日」〔ㄖㄭ〕都是用這個元音拼出來的。至於注音符號的「ㄓ」「ㄔ」「ㄕ」注音時，

只用聲母而不用韻母，自然只是為了方便推行國語而已，在音理上說，是完全不合理的。

　　〔ɿ〕是「展脣的舌尖前顎元音」，與它同發音部位、同發音方法，而脣狀是圓的一個音，那就叫做「圓脣的舌尖前顎元音」，國際音標用〔ʮ〕來表示，九江一帶人說「豬」〔tʂʮ〕、「書」〔ʂʮ〕，都是這個元音。

叁、舌尖後半低元音：【ɚ】

　　舌尖後半低元音，也就是「捲舌的央元音」，發這個音時，發音部位和〔ə〕極相似，但舌位在半低的位置，且舌頭必須捲起來，國際音標用〔ɚ〕來表示。標準國語中的「兒」「耳」「二」就是這個音，這個音在國語中只單獨使用，不和輔音相拼，也不和其它元音相結合。在美國話中，這個音用得特別的多，如「work」〔wɚk〕、「shirt」〔ʃɚt〕、「bird」〔bɚːd〕、「dollar」〔dˈɑlɚ〕、「hurt」〔hɚt〕、「turn」〔tɚn〕等字中的〔ɚ〕都是「捲舌的央元音」。

（元 音 表）

舌尖或面／舌前後／音標及脣狀／舌高低	舌尖		舌			面	
	前	後	前	央	後		
	展 圓	展 圓	展 圓	展 圓	展 圓		
高	ı ɥ	ʅ ʮ	i y	ɨ ʉ	ɯ u		
半高高			l Y		U		
半高			e ø	ɘ θ	ɤ o		
中			E	ə			
半低		ɚ	ɛ œ	ɜ ɞ	ʌ ɔ		
半低低			æ	ɐ			
低			a	A	ɑ ɒ		

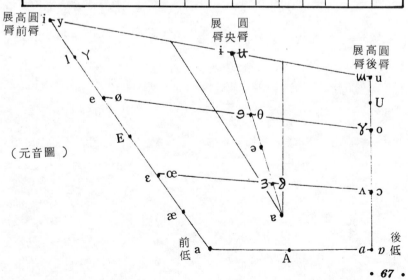

（元音圖）

展高圓脣前脣 i y
展圓脣央脣 ɨ ʉ
展高圓脣後脣 ɯ u

ı Y

e ø ɘ θ U

E ə ɤ o

ɜ ɛ œ ɜ ɞ ʌ

æ ɐ ɔ

前低 a A 後低 a ɒ

第五章 音素的鼻化與音素的結合

第一節 音素的鼻化

壹、鼻化作用（ Nasal and Oral ）：

發音時，空氣通過鼻腔出來，而產生共鳴的現象，這就是語音的〔鼻化作用〕。鼻化程度的大小，要看軟顎下垂的程度和擋住鼻腔的通道的多少而定。口腔某個部位受阻，軟顎下垂，鼻腔開放，讓空氣從鼻腔流出來，而產生的音，稱為〔鼻音〕或〔鼻輔音〕如〔m〕〔n〕〔ŋ〕等。實際上，這些「鼻閉塞音」〔m〕〔n〕〔ŋ〕就是「口閉塞音」〔b〕〔d〕〔g〕的「完全鼻化」，所以「鼻音」也就是「鼻化輔音」。普通一般人稱「完全鼻化音」為「鼻音」，稱「部分鼻化音」為「鼻化音」。通常所謂的「鼻化音」就是軟顎略為下垂，但不致完全擋住空氣通向口腔的通道，這樣一來，空氣就可以同時從口腔和鼻腔流出，這是「部分鼻化」，這樣產生的音一般人都稱之為「鼻化音」，在國際音標中是用一個〔～〕符號加在音標的上面，以表示該音的鼻化作用。至於「完全鼻化」的「鼻音」，因每個音都有自己特定的音標，所以也就不必在音標之上加〔～〕了。

元音和輔音都可以鼻化，如西安話的「奔」〔pɛ̃〕和廈門話白話音的「毛」〔mɔ̃〕，就是〔ɛ〕〔ɔ〕的鼻化，這是元音鼻化的例子；至於輔音方面的鼻化，則如漢口話的「李」〔l̃i〕和「魯」〔l̃u〕，就是邊音〔l〕的鼻化。

有時軟顎下垂得不夠，致使大量的空氣通過口腔出來，而僅留少量的空氣隨後滲入鼻腔，這樣產生的音，僅在音素的末尾略帶鼻化，所以有人稱之為「半鼻化音」，如上海話的「忙」〔mɒ˜〕，南京話的「安」〔a˜〕是。半鼻化音的鼻化符號應標在「鼻化音素」的右上方，不可直接標在鼻化音素的上面，這才易於區別鼻化的程度。

貳、鼻　音（ Nasal Consonats ）：

鼻音是「閉塞音」的一種，又稱「鼻輔音」或「鼻閉塞音」。它的發音部位和塞音完全相同，所不同的是：鼻音在口腔閉塞的同時，軟顎下垂，氣流從鼻腔流出，使它在鼻腔中同時發生共鳴而發音。所以「鼻音」就是「塞音」的「鼻化音」，而所謂「鼻化」，是完全的鼻化，口腔中已沒有什麼氣流通出去了。有人因而把它叫做「鼻破裂音」；又因為氣流在口腔中受到阻塞，而在鼻腔中則能自由通過，所以又把它跟「邊音」共稱為「塞通音」。

鼻音的發音可以在除阻期，例如國語的「馬」〔ma〕中的〔m〕；也可以在成阻期發音而延續到持阻期，並可自由延長，如鼻音作為一個音節的「音峯」或「收音」時，就是

用的這種方法，因為鼻音是濁音，發音時混雜有聲帶的樂音的，它是一種「響音」，所以可以單獨作為一個音節的音峯使用，前後根本可以不拼任何元音的，例如廈門話的「黃」，上海話的「五」，溫州的「魚」都讀作 [ŋ] 的。標這類單獨鼻音為一音節而不附以元音時，在音標下加一小短豎畫 [ˌ]，如 [m̩] [n̩] [ŋ̍] 是，[ˌ] 是單獨「成音節」的符號。

　　因為閉塞音的不同，其經完全鼻化後所產生的鼻音自然也就不同，普通語言中最常見的全鼻化塞音是 [m] [n] [ŋ]，其它的塞音也有因全鼻化而成鼻音的，茲連最常用的鼻音一併分述如下：

　　一、雙脣鼻音：國際音標作 [m]，是雙脣濁塞音 [b] 的全鼻化音。

　　二、舌尖齒齦鼻音：國際音標作 [n]，是舌尖齒齦濁塞音 [d] 的全鼻化音。

　　三、舌尖前顎鼻音：國際音標作 [ɳ]，是舌尖前顎濁塞音 [ɖ] 的全鼻化音。

　　四、舌面中顎鼻音：國際音標作 [ɲ]，是舌面中顎濁塞音 [ɟ] 的全鼻化音。

　　五、舌面後硬顎鼻音：國際音標作 [ɲ]，是舌面後硬顎濁塞音 [ɟ] 的全鼻化音。

　　六、舌根軟顎鼻音：國際音標作 [ŋ]，是舌根軟顎濁塞音 [g] 的全鼻化音。

　　七、舌根小舌鼻音：國際音標作〔N〕，是舌根小舌濁塞音〔G〕的全鼻化音。

　　此外，摩擦音也有全鼻化而成鼻音的，不過，為數極少，比較常見的只有一個脣齒濁擦音〔V〕的全鼻化音，一般人稱之為「脣齒鼻音」，國際音標作〔ɱ〕。

（輔　音　表）

音標 音類 發音方法	雙脣音		脣齒音		舌齒音		舌尖齒齦音		舌尖前顎音		舌葉前顎音	
	清	濁	清	濁	清	濁	清	濁	清	濁	清	濁
塞　　音	p	b					t	d	t	ɖ		
鼻　化　音		m		ɱ				n		ɳ		
擦　　音	ɸ	β	f	v	θ	ð	s	z	ʂ	ʐ	ʃ	ʒ
邊　　音							ɬ	lɮ			ʃ	
顫　　音								r				
閃　　音								ɾ				ɼ
半　元　音	ʍ	wɥ		v				ɹ				

音類 / 音標 / 清濁 / 發音方法	舌面中顎音		舌面後硬顎音		舌根軟顎音		舌根小舌根		喉壁音		喉門音	
	清	濁	清	濁	清	濁	清	濁	清	濁	清	濁
塞　　音	ȶ	ȡ	c	ɟ	k	g	q	ɢ			ʔ	
鼻　化　音		ȵ		ɲ		ŋ		N				
擦　　音	ɕ	ʑ	ç	j	x	ɣ	χ	ʁ	ħ	ʕ	h	ɦ
邊　　音				ʎ								
顫　　音								R				
閃　　音												
半　元　音			j (ɥ)(ʍ)(w)				ɰ					

叄、鼻化元音（Nasal Vowels）：

　　一切任何的元音都可以變成鼻化音，只要在發音的時候，軟顎下垂，讓空氣的振動同時經過鼻腔流出，那麼這一個元音就成爲鼻化元音了。這我們在前文「鼻化作用」一小節中已經提到，因爲在一般的語言中任何一個元音都可能成爲鼻化音，所以這裏也用不着一個一個地去介紹了。不過，無論如何，鼻化元音發音時的氣流，是兼從口腔與鼻腔流出，所以口鼻二腔都會起共鳴，與塞音的完全鼻化不同，所以我們前述的「全鼻化塞音」與「脣齒擦音」〔Ｖ〕的全鼻化音都有特定的國際音標；鼻化元音，因爲只是元音的半鼻化或小

部分鼻化，所以如其它輔音的半鼻化一樣，只在原來的國際音標上附加「鼻化符號」，如果是輕微的鼻化的話，則把符號加在音標的右上方，如〔ĩ〕〔ã〕〔ũ〕〔ɑ̃〕〔ɔ̃〕〔Ã〕及〔i~〕〔a~〕〔ɑ~〕等是。

　　有人爲了把三種不同的鼻化音分別得更清楚起見，把〔m〕〔n〕〔ŋ〕〔ɱ〕之類的鼻化音稱爲「鼻音」；把〔z̃〕〔g̃〕〔d̃〕〔r̃〕之類的音稱爲「鼻化輔音」，把〔ũ〕〔ã〕〔ɔ̃〕鼻化音之類的鼻化音稱爲「鼻化元音」，鼻化輔音與鼻化元音合稱爲「鼻化音」；把〔ɑ~〕〔i~〕〔ɔ~〕〔u~〕之類的輕微鼻化音稱爲「半鼻化音」。凡在〔i〕音標上附加鼻化符號時，〔i〕上面的一點可以省略，寫成〔ĩ〕而不是寫成〔ĩ̇〕。

第二節　音素的結合

　　在眞實被人們使用的語言裏，使用單純的音素作爲語言，那是很偶然的事，第三、四章所討論到的輔音和元音，都只是對單純音素的描寫和研究。那僅僅是對語音的分析，說明語音的基本單位而已。眞實的語音被人們表達出來時，都是結合若干音素而被人們表達出來的，因此本節我們特別要討論「音素的結合」。音素和音素結合在一起，通常有五種方式，第一是「音節」，第二是「塞擦音」，第三是「複輔音」，第四是「複元音」，第五是「重疊音」。茲分述如下：

壹、音　節（Syllables）：

音節又稱「音綴」。把語詞的聲音分成音素，是語言學分析的結果，而不是聽覺直接的感應。我們說話是以句子為單位的，句子又是由若干個詞來組合成的，詞在聲方面又包含着若干音節，自然也有一個詞就是一個音節的。音節就是由一個或幾個音素組成的語音最小結構單位。

語言學上對於音節及音節的劃分，有各種不同的見解，茲略述如下：

一、元音說：

以一個元音或一個複元音為音節單位。這是古希臘人的看法，他們認為元音是構成音節不可缺少的元素，元音可以獨立構成一個音節，元音跟輔音結合也算是一個音節，但一個音節不能沒有元音。這種解釋法對希臘語來說，並沒有什麼困難，但對其它的語言就不那麼簡便了。第一是分音節不易，如〔ESti〕一詞任何人都知道是兩個音節，但第一音節與第二音節的分界在哪裏？〔S〕是屬於第一音節還是第二音節呢？第二是有些語言也有純粹輔音的音節，如法語〔Pst〕是音節，可是並沒有元音，這將作如何解釋？所以後來「元音為音節單位說」就不被語言學界接受了。

二、呼氣説：

　　以呼吸的加強次數爲音節單位。有些人專從人類說話時
的呼吸情況去研究，認爲在說話時有多少次呼吸的加強，就
把它看成是多少個音節，而音節與音節間的區界是以呼氣的
伸縮作爲標準的，如法國的巴希（P. Passy）就是主張這一種
說法的。但這種說法對音節的分界還是弄不清楚，因此有人
會把拉丁語的〔Stāre〕看成三個音節。所以這種說法也是無
法使人接受的。

三、響度説：

　　以同樣「音重」的聲音所有不同的聲響來作音節的單位。
每一個不同的聲響的頂點，也就是一個音節，如「Holly」的
「O」和「Y」所代表的聲音，都是聲響的頂點，也就表示
出這個詞有兩個音節。但如依據這種說法來區分音節的多少
的話，問題還是攪不清楚的，如拉丁語「Stāre」一詞，仍
然會分出三個音節來，因爲「Stāre」中的「S」要比「t」
容易被人聽到，「ā」和「e」要比「r」容易被人聽見，所
以「S」「ā」和「e」就出現三個音節了。這還不算，而且
音節的界限也沒有標準來說明。因此，很明顯的，「響度說」
也很難令人接受了。

四、開口度説：

　　瑞士籍的德・蘇胥爾 (F. de Saussure) 的「普通語言學教程」(Cours de linguistique g'en'erale) 一書，用發音的「開口度」的理論來解決區分音節的問題，他把一切音素的開口度分為七個等級，那就是：

　　　　O度：包括所有的塞音。

　　　　1度：包括所有的擦音。

　　　　2度：包括所有的閉塞鼻音。

　　　　3度：包括所有的流音。

　　　　4度：包括三個半元音。

　　　　5度：包括「e」・「O」・「ø」類的元音。

　　　　6度：包括〔a〕類的元音和在〔a〕類元音之前
　　　　　　　的送氣音。

他區分音節與音節之間的界限是以開口度的升高降低為標準的，如「papa」是兩個音節，其中「p」的開口度是0，「a」的開口度是6，「a」以後的「p」降到0，第二個「a」又升到6，結果就有了兩個高峯。其升降如下圖：

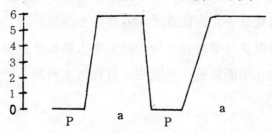

　　但以開口度作爲分音節的標準，還是不能乾脆地把問題解決，因爲拉丁語「Stāre」一詞用這種方法來分，依然會分成三個音節。「Stāre」中的「S」是1度，「t」是0度，從「S」到「t」有一次降落。「ā」是6度，「r」是3度，從「ā」到「r」之間又有一次降落，「e」是5度，「e」之後是休止。這樣一來就有了三個高峯，因此「Stāre」也就產生了三個音節了。其升降如下圖：

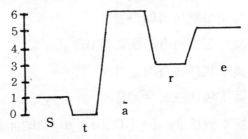

　　因此，我們發覺用開口度來區分音節還是解決不了問題，所以「開口度說」也就很難令人接受了。

五、任意說：

　　因爲前述的那些說法都不能解決區分音節界限的問題，因此有些人就乾脆認爲：不必斤斤計較界限的區分，任人之方便，隨意分一分也就算了。當然這不是認眞硏究和徹底解決問題的眞正科學精神，於是還是有人繼續地鑽硏和探索。「任意說」不能算是一種說法，自然也不會被人們承認和接受的。

六、緊張說：

　　這是法國的格拉門氏（M. Gramon）在他所著的「語音學的特點」(Trait'e de phonetique) 一書中提出來，以發音時的緊張作為區分音節界限的依據，經實驗語音的結果，確是解決區分音節界限的最好方法，因此已被現代一般語音學家所承認和接受了。

　　以發音肌肉的緊張（增強和減弱）作為確定音節的標準，也就是說，每一音節都以一個緊張增強的音素開始，以一個緊張減弱的音素來結束。音節的分界就在前一音素的緊張減弱和後一音素緊張增強的中間。根據這一點，我們可以說一個音節就是一音素或多音素的增強緊張加上一音素或多音素的減弱緊張。如拉丁語「Stāre」：

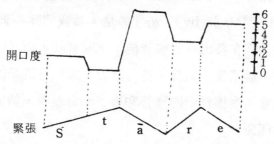

　　它的開口度雖有三個升降的高峯，但只有兩次緊張，第一緊張加強到「t」與「ā」之間，減弱到「ā」與「r」之間，從「r」開始，第二緊張又開始加強，到「e」發音過後，緊張由減弱而解除，剛好是兩個音節，界限十分清楚，一點

也不含糊。又如「raps」是一個緊張，所以是一個音節，如下圖：

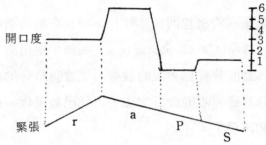

貳、塞擦音（ Affricate ）：

塞擦音是由存在於同一音節中的一個塞音和一個擦音結合而成的，所以稱為塞擦音，它又稱為「閉塞摩擦音」或「破裂摩擦音」，例如〔ts〕〔tʂ〕〔tɕ〕〔pf〕〔kh〕〔dz〕〔dʒ〕〔dʐ〕〔dʑ〕〔bv〕〔gɣ〕等是。當我們發一個塞擦音時，發音器官在發出一個塞音後，閉塞解除，而立即又造成一個縫隙，繼續發一個音。換句話說，塞擦音就是閉塞逐漸解除的塞音。塞擦音中的塞音和擦音結合緊密，給人有一種單輔音的印象。

按照塞擦音的塞音和擦音的發音部位是否相同，可把塞擦音分為「眞性的塞擦音」和「假性的塞擦音」兩類，茲分述如下：

一、真性的塞擦音：

　　塞擦音中的塞音和擦音發音部位相同，可以緊密地結合，給人一種單輔音的感覺，這一類塞擦音也有人稱之為「狹義的塞擦音」，如前述的 [ts] [dz] [tʃ] [dʒ] [tʂ] [dʐ] [tɕ] [dʑ] [pf] [bv] [kh] [gɣ] 等是。國語注音符號中的「ㄐ」「ㄑ」「ㄓ」「ㄔ」「ㄗ」「ㄘ」寫成國際音標就是[tɕ] [tɕ'] [tʂ] [tʂ'] [ts] [ts']，都是真性的塞擦音。

二、假性的塞擦音：

　　塞擦音中的塞音和擦音發音部位不同，雖然它們結合在同一音節中，但它們沒有像真性塞擦音那樣緊密地結合在一起，給人一種單輔音的印象，而仍舊要清楚地唸出兩個音。甚且所結合的擦音是廣義的摩擦音，其與狹義的塞擦音就更不相同了。這一類的塞擦音有人又稱之為「廣義的塞擦音」，如[ps] [bz] [pʃ] [bʒ] [ks] [gz] [kʃ] [gʒ] [tf] [dv] [pr] [pj] [pl] [pw] [tr] [tl] [tj] [tw] [kr] [kl] [kj] [kw] 等都是假性的塞擦音，也都可以稱之為「廣義塞擦音」。此外，有些語言還存在有一種帶有兩個摩擦音素的塞擦音，如梵語的 [tʃx] [dʒx] 等，也都可歸入廣義塞擦音的範圍，因為其所以為閉塞音和摩擦音的結合，而且同處在一個音節的緊張之中的原則是完全一致的。

　　依據閉塞摩擦的原則來看，則通常我們所謂的「送氣閉

塞音」其實也就是「廣義的塞擦音」。平常所謂「送氣」，
實際上就是在咽頭出現了一個〔x〕〔h〕之類的擦音，國際
音標用〔ˊ〕來表示，如〔t′〕〔k′〕〔p′〕是，但也可標作
〔tx〕〔kx〕〔px〕，這都是兩個音素結合在一個音節的緊
張中，其與廣義塞擦音的原則也是完全一致的。

叁、複輔音（Plural Consonats）：

凡是兩個或兩個以上的不同輔音結合在一起的，就叫做
「複輔音」或「輔音叢」。它必須在同一音節之內，處在同
一增強的緊張上或同一減弱緊張上。以這種條件來看，則前
面所述的「狹義的塞擦音」、「廣義的塞擦音」也都是「複
輔音」之一了。除了前述的各類塞擦音之外，還有另外的四
種複輔音，其結構都與廣狹二義的塞擦音不同，茲分述如下:

一、由兩個不同的閉塞音結合成的複輔音：如英語的
「apt」〔æpt〕，「act」〔ækt〕;法語的「Strict」〔strikt〕,
「Prompte」〔prõpt〕等是。

二、由兩個不同的摩擦音結合成的複輔音：如英語的
「Slik」〔slik〕，法語的「Svelte」〔zvɛlt〕等是。

三、由一個摩擦音和一個閉塞音結合而成的複輔音：如
英語「School」〔skul〕，「Skill」〔skil〕,「Star」〔stɑ:〕,
「Spar」〔spɑ:〕;法語的「Ski」〔ski〕,「Statue」〔staty〕,
「Spic」〔spik〕等是。

四、由三個以上的單輔音結合成的複輔音：如英語的

「Spring」〔spriŋ〕，「Stream」〔strim〕，「Stretch」〔stretʃ〕；法語的「Stricte」〔strikt〕等是。

肆、複元音（Diphthongs or Plural Vowels）：

由兩個或三個不同的元音結合在一起的。叫做「複元音」。它具有兩個基本的特性：第一，各組成部分必須同處於一個音節之中。第二，它們只有一個共同的喉部緊張。如果不具備上述兩個特性，不合這種基本原則的，儘管是兩個或多個相連在一起的元音，它們就不能算是「複元音」。舉例來說，標準國語中「阿姨」一詞，它的音是〔a〕〔i〕，〔a〕和〔i〕是分開來讀的，即使說話說得再快，它還是兩個分開的音，喉部是兩個緊張，形成兩個獨立的音節，這就不是複元音。反過來說：標準國語中「悲哀」的「哀」字，它的音是〔a͞i〕，同樣是〔a〕和〔i〕兩個音，但因這兩個音緊密地結合在一起，同處在一個音節之中，只有一個喉部緊張，所以〔ai〕就是複元音。

我們既決定以發音時緊張的加強或減弱作為音節的分界線，因此我們就可據緊張性質的不同，來給複合元音分成以下幾個類型，來說明它們的特性：

一、緊張相等的兩合元音：

結合成複元音的兩個成分，它們的緊張程度相等，在聽覺裏也同樣地感到它們是相等的清晰，這謂之為「緊張相等

的兩合元音」。這種複元音比較少見，如拉脫維亞語「ruoka」（手）中的「uo」就是這種性質的複元音。因為兩個組成部分具有同樣強度的緊張，兩部分都具有領音的特性，所以有人又稱它為「眞性的複合元音」。

二、緊張漸強的兩合元音：

　　結合成複元音的兩個成分，它們的緊張是在漸次增強當中，前一成分是緊張的起始，後一成分是緊張的高峯，這時若以響度來說，也是前一成分的響度小而後一成分的響度大，如：

　　　　〔ia〕：如標準國語中的「呀」；
　　　　〔io〕：如成都話中的「約」；
　　　　〔ie〕：如標準國語中的「夜」；
　　　　〔iu〕：如標準國語中的「優」；
　　　　〔ua〕：如標準國語中的「蛙」；
　　　　〔uo〕：如標準國語中的「窩」；
　　　　〔ue〕：如成都話中「國」的韻母；
　　　　〔ye〕：如標準國語中的「約」。

這些複元音從前用響度來分音節的人（作者以前也是），都稱之為「上升的複元音」。它們各自所結合在一起的兩個成分，從聽覺的角度來看，是後一成分易於聽清晰，後一成分具有領音的特性，它與緊張相等的兩合元音不同，所以有人稱這一種複合元音為「假性的複合元音」。

三、緊張漸弱的兩合元音：

　　結合成複元音的兩個成分，它們的緊張是在漸次減弱當中，前一成分是緊張的頂峯，後一成分是緊張的下降。這時若以響度來說，也是前一成分的響度大，後一成分的響度小，如：

　　　　〔ai〕：如標準國語中的「哀」，英語「like」中的「i」。

　　　　〔oi〕：如廣州話中的「哀」。

　　　　〔ei〕：如標準國語「威」「uei」中的〔ei〕，英語「make」中的「a」。

　　　　〔au〕：如標準國語「高」「kau」中的〔au〕，英語「out」中的「ou」。

　　　　〔ou〕：如標準國語中的「歐」，英語「go」中的「o」。

　　　　〔əu〕：如成都話「豆」〔təu〕中的〔əu〕。

　　　　〔øy〕：如蘇州話中的「歐」。

　　　　〔œy〕：如福州話「處」〔ts′œy〕中的〔œy〕。

　　　　〔ɔy〕：如福州話「腿」〔t′ɔy〕中的〔ɔy〕。

這些複元音從前用響度分音節的人，都稱之為「下降的複元音」。它們各自結合在一起的兩個成分，從聽覺的角度來看，是前一成分易於聽清晰，前一成分具有領音的地位，它與緊張相等的兩合元音不同，所以這一種複合元音也被人稱為

「假性的複合元音」。

四、真性的三合元音:

這是由處在同一音節和同一緊張之中的三個成分所組成的複合元音。它的第二成分緊張較強,而第一、三成分緊張較弱,如標準國語「嬌」〔tɕiau〕中的〔iau〕,「歸」〔kuei〕中的〔uei〕等是。

五、假性的三合元音:

它們雖同在一音節,但裏面實際上已有兩個緊張,幾乎形成兩個音節了,如英語中的「our」〔auə〕,「fire」〔faiə〕中的〔aiə〕等是,因爲它不合乎「同在一個音節」和「只有一個喉部緊張」的基本原則,所以人們稱之爲「假性的三合元音」。

伍、重疊音(Double Phone):

重疊音就是兩個完全相同音素的成分之重疊,無論是閉塞音、摩擦音、半元音、元音、鼻化音都可重疊,如〔tt〕〔ll〕〔ss〕〔pp〕〔rr〕〔mm〕〔ãã〕〔jj〕〔ii〕〔ee〕〔oo〕等是。但塞擦音却不可能重疊,因爲塞擦音本身已是兩種不同音素的結合了,再重疊自然也就不可能了。

重疊音的第一特徵是:有兩個音素的音長。第二特徵是:有兩個緊張。因爲有許多人把重疊音看成是與「長音」相同

的，其實這當中是有明顯的不同的。以發音的實況來說，長音是連續性的，只是時間較普通的音素長一倍罷了，但是重疊音却不然，它不但有兩個音素的音長，同時却是兩個相同音素的結合；長音只有一個音首，一個音幹（緊張），一個音尾；重疊音却因是兩個音素的重疊而有兩個緊張，前一個音素的音尾，是減弱的緊張，後一個音素的音首是增強的緊張。長音和重疊音不同的痕跡，看下圖即可知其不同之實況了。

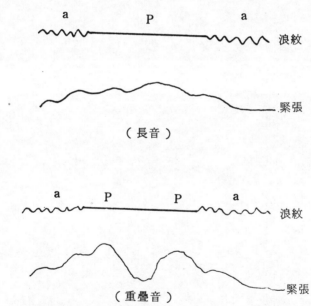

（長音）

（重疊音）

上圖可以明顯地顯示出來，重疊音是有兩個緊張的，而長音則不然。不但上舉的閉塞音〔P〕是如此，其它一切如擦音、鼻音、元音、半元音的重疊也都是相同的情況。

第六章 音色、音長、音強、音高和音律

第一節 音色、音長和音強

壹、音 色（quality or timber）：

　　音色又稱「音質」，是指聲音的質素或個性來說的。它和音高、音長、音強是構成語音的四要素；但它與音高、音長、音強（音重）不同，我們用同樣的音高，同樣的強度來發〔a〕和〔i〕，仍然能發現它們之間有着顯著的不同，原因是〔a〕和〔i〕有不同的音色。

　　從聲學的觀點來說，音色就是顫動形式的不同，或者說是由於音波式樣的不同，波紋的曲折不同。而音波形式的不同，則是隨着基音與陪音（副音）之間的強弱比例的不同而產生的。在單純音中，無所謂音色的不同，通常所謂音色不同，都是指複合音而言的。

　　在複合音中，基音與陪音（副音）的強弱是不成單純比例的，有的複合音陪音強，有的複合音陪音弱，正因爲有這種複雜的變化，才會產生各種不同音色的複合音。

　　音色的差別是因下列幾種因素的影響而產生的：

一、發音體與音色：

發音體的不同，最能影響音色的不同，如簫、鼓、鑼、胡琴等的不同，所以音色也就不同，不僅如此，卽使是同一把胡琴，因用粗絃、細絃、或用鋼絃、絲絃，也往往影響音色的不同。

二、發音體的發音方法與音色：

發音體的發音方法不同，音色也就因而有異。以同一架絃樂器來說，雖然它的絃的質地（如絲絃、鋼絃）、絃的長度、絃的鬆緊及「共鳴箱」等都絲毫不改變，但用「弓」去拉，用手指去彈，或用小棍兒去敲，它所發出來的聲音，音色也就不同。

三、發音體所具有的發音狀況與音色：

這所謂發音狀況是指同一發音體，同一發音方法，但因發音體本身受到壓抑，或發音後以手指掩住振動部分，或空氣不通，或絃的鬆緊改變等不同的狀況，往往也是促使產生不同音色的因素。人體發音時，口腔、鼻腔的狀況就是可以任意變化的，如鼻腔的開閉，咽頭的鬆緊，聲門的大小，舌頭的高低等狀況的無窮變化，所以同一個人的發音，音色就有說不盡的複雜和差異，這種音色的不同，簡直不是任何樂器所能與之比擬的。

貳、音　長（duration）：

　　音長就是發音在時間上的長度，也就是發一個音素所經歷的時間之久暫。語音的長短，與發音器官緊張時間的長短有關。音長也是構成語音的四要素之一。一切音素都沒有固定的音長，完全憑發音人的意志來自由決定，通常說話快的人，個別音素的音長，所佔的時間較短；說話慢的人，個別音素的音長，所佔的時間也就較長。這是由人而定的，並無絕對的標準。從聲音的本質來說，摩擦音一定比閉塞音容易延續時間。其它同種類的音素也可以比較的長，比較的短，主要是看它們的地位和功用如何而定。我們無法找到典型的音長或音長單位。所謂長短，沒有絕對的標準，只是比較的結果。通常是元音較長而輔音較短；輔音則摩擦音較長，閉塞音較短。

一、音長與辨義：

　　在一般的語言裡，輔音的音長都沒有辨義作用，因此同一音素的輔音的長短就沒有音位上的分別。但元音的長短分別，卻是語言學家早就注意到的。印歐族的語言很早就有長短元音的區別，梵語、希臘語、拉丁語等都有長短元音，長短音節的劃分的。元音的長短既有區別，則它在「辨義」上就必發生作用，而在音位上也就區分出不同的辨義單位了。如拉丁語「uĕnit」〔Wɛnit〕的意義是「他來」，「ūenit」

[We:nit] 是「他已經來過了」，當然，這種區分，在文字本身來看，只是元音長短的區分；若從音標上來看的話，除了元音長短之外，還有音質上的不同。如果從不同的詞語中所用的同一元音，其在某字爲長音，在某字爲短音，則長的不可短讀，短的也不可長讀，在英語、德語中例子之多，是俯拾便是的；例如英語「eat」[i:t] 和「it」[it]，德語「staat」[sta:t]（國家）和「stadt」[stat]（城市）是。漢語中以元音之長短來辨義的例子也有，不過很少就是了，廣州話裡的「三」[sam] 和「心」[sa:m] 就是以元音之長短來辨義的。

二、音長的標號：

凡是長音與短音有別的語言，其長音和短音的不同，單從聽覺上來辨別，印象便是十分清楚的。一個長音往往比一個短音長一倍以上。語音學家把長短音分爲三種，第一種是短音，國際音標不加任何符號，如 [u]；第二種是半長音，國際音標用 [·] 來表示，例如 [u·] 是；第三種是長音，國際音標用 [:] 來表示，例如 [u:] 是。至於在文字的本身上加符號的話，則大半是在元音上加一橫畫來表示長音，例如拉丁「uēnit」（他已經來過了）。「manūs」（屬於手的）是；或在元音上加一「ˇ」號表示短音，例如「uěnit」（他來），「manŭs」（手）是。

三、音節的音長：

音節也是有長短之別的，有些語言，音節的長短，並無語言辨義上的價值；有些語言，音節的長短，却頗有語言辨義上的價值。印歐族的語言都很重視音節的長短，如梵語、希臘語、拉丁語都是非常注意音節之長短的。漢語中音節的長短有時也有相當的辨義價值，如：「他來了」一語，只是單純敍述這件事的話，「他」這一音節只讀一般的長度；如果把「他」字讀得比平常長一倍以上的話，這一句話可能就是表示：並不希望他來，結果他却來了。當然，這裡除了音長以外，還有音强上的差異，但這也就可以看出漢語的音節長短是有辨義上的價值的了。

通常計算音節的長短，是從音峰上算起的，凡在音峰之前的輔音都不計算在內，因為音峰之前的輔音是即刻發出去即刻就到達音峰的。所謂「短音節」就是從音峰到音尾之間只有一個短元音的音節。所謂「長音節」有三種情形：第一，從音峰到音節尾之間有一個長元音；第二，從音峰到音節尾之間有一個複元音；第三，從音峰到音節尾之間有一個短元音加一個或一個以上的輔音。凡上述這三種音節就都可以稱之爲「長音節」了。

叁、音　强（Stress）

音强又稱「音重」或「音勢」。音强就是指聲音的强弱

或輕重；通俗些說，就是發音時用力的大小，用力大則音強，反之就輕一些。聲音的強弱或輕重就是表現於音波振幅的大小。語音的強弱或輕重和發音器官的緊張程度發音時氣力的大小成正比。

音強也是構成語音的四要素之一。在很多語言中運用音強的不同構成重音和輕音（輕聲），而重音和輕音的不同，往往可以區別詞彙的意義或語法的意義。例如英語「desert」〔d′ezət〕是「荒蕪」，「desert」〔diz′ə:t〕是「拋棄」，是屬於詞彙意義的不同。「Present」〔pr′eznt〕是「禮物」，「Present」〔priz′ent〕是「贈送」，則是屬於語法意義的不同。這些區別都是運用音強（音重）的不同來表現的。在句子中把某些詞特別讀得重一些，還可以表現不同的感情色彩和強調這些詞的意義。

音強，因表現的所在之異，可分以下幾個不同的類別來說明：

一、強調音：

一般人所謂的「強調音」，其實就是「重音」，強調音可分兩種：第一種是「音的強弱」，就是我們所說的「重音」。第二種是音的高低變化，即在同一音節中的音素之前後音調的高低變化，語言家稱這一種強調音為「聲調」或「音節聲調」。聲調除重音的因素外，音高的因素還更佔重些，這不在本節討論之列，這裡只討論一般純粹音強的重音。

二、元音重音：

　　一個詞的重音，有時是在前一音節，有時是在後一音節，但無論如何，它只表現在元音之上的，我們稱之爲「元音重音」，一般語言中，表現它們的重音的，多數都在元音上，也就是說，以元音重音爲最多。

三、輔音重音：

　　重音的表現是落在輔音上的，謂之「輔音重音」。輔音重音能使輔音變成更長和更強的輔音，當然這輔音之後的元音也同樣地受影響，雖然比輔音弱，却能到達一般重音的程度。重音輔音一定是第一個輔音，無論它的前面有無元音，在它的前面總不會再有輔音的。不過，有的時候，前面有元音的詞，也可以和前一個詞的輔音收尾連在一起，而把重音落在這一個輔音之上。

四、音節重音：

　　許多語言都運用重音來表現不同的詞，或不同的語法作用。落在不同音節上的重音，能使同樣結構的詞有不同的詞義，而成爲不同的詞或具有不同的語法作用。如前面所舉的「desert」〔dˊezət〕是「荒蕪」，〔dizˊəːt〕是「抛棄」，就是表現詞彙意義不同的重音；「Present」〔prˊeznt〕是「禮物」，〔Prizˊent〕是「贈送」，就是表現語法詞性之不

同的重音。

五、詞組重音：

　　許多語言，都有詞組重音，詞的重音是以重音落在不同音節的情況來辨義的；詞組的重音則是以重音落在詞組之中的哪一個詞來定詞性組合的規則的。譬如說，法語的詞組只有最後一個詞有重音，如「beaucoup de monde」〔boku də mʼʒd〕就是詞組的重音。

六、邏輯重音：

　　有些語言特別有一種使某一個詞的意義突出的重音，這種重音語言學家稱之為「邏輯重音」。由於邏輯重音，才能使句子裡要想強調意義的某個詞（或某些個詞）突出；同樣的，在整段話中，由於邏輯的重音，具有特殊意義的整個句子（或一些句子）才能夠突出，這種重音叫做「意義的重音」或「邏輯的重音」。如：

　　　　你最近去過台北嗎？
　　　　你最近去過台北嗎？
　　　　你最近去過台北嗎？
　　　　你最近去過台北嗎？

同是一句話，因為重音落在不同的詞上，意義也就大有區別，在書面語上，有時用「加重點」來表示邏輯重音，在口語中就用音強來表現邏輯重音。

七、重音符號：

通常語言學家都用〔′〕的符號來表示重音，用〔`〕的符號來表示次重音，把它們加在要加重的音素上就可以了。國際音標則在音節之前的上角加上一個〔˙〕號來表示重音，如「act」〔˙ækt〕；在音節之前的下角加上一個低位置的〔.〕來表示次重音，如〔.ækt〕。不過一般的字典也都已用〔′〕〔`〕來代替〔˙〕〔.〕的符號了。

第二節　音　高

音高（Pitch）就是聲音的高低。從物理學的角度來看，在一定的時間內，音波數或發音體顫動數不一樣就產生音高的不同。音波或發音體顫動數多的，音就高；反之，音就低。在每秒鐘內能發出的音波數或發音體顫動數叫做「頻率」。如果有甲、乙兩個音，甲音在每秒鐘內顫動一百次，乙音在每秒鐘內顫動一百五十次，那麼我們就說乙音的頻率比甲音大，也就是乙音比甲音高。

從生理學的角度來看，音高是由於人類聲帶的長短、鬆緊、厚薄的不同而產生的。聲帶長、鬆、厚的，發的音就低；聲帶短、緊、薄的，發的音就高。人類聲帶是天生的，無法加以改變或調整，但要鬆要緊却是可以自由控制的，因此，同一個人發的音，可以有高低的不同。

　　音高與前節所述的音色、音長、音強一樣也是構成語音的四大要素之一。在某些語音中,不同的音高有辨義的作用,我們漢語的音高,在音位上的辨義價值是極高的,如標準國語「媽」「麻」「馬」「罵」四個詞的音色、音長、音強等大體上是一樣的,但因爲音高變化的不同,也就構成了它們之間的聲調之異,於是它們之間的詞義之別也就藉着聲調的不同而大有區別。除此之外,大部分的語言更利用音高的變化,來表達不同的感情。

　　語言學所研究的音高,不是單純的物理現象生理現象,而是結合了語言本身各種需要及一定意義的語音現象;所以,單純由於聲帶構造的不同(如通常是男人的聲帶較長,女人的聲帶較短),或高聲說話時與低聲說話時產生音高變化,就不一定是語音學要研究的對象了。

壹、語言聲調與音樂聲調之不同

一、頻率的規則不同:

　　音樂並不應用一切可能的聲調,只用一部分振動次數有一定比例的。這種所謂一定的比例,是成幾何級數的比例:如「do」的兩倍振動次數是「do_1」,而「do」的四倍振動次數及「do_1」的兩倍振動次數則是「do_2」,而「do」的八倍振動次數及「do_1」的四倍振動次數或「do_2」的兩倍振動次數則是「do_3」了。因爲如此,所以在這些基本聲調之中,就有同

樣數目居中的聲調而構成「音階」。音階是音樂中的名稱，是音樂最主要的成分，在語音中稱之爲「聲調」。但語音的聲調却不是嚴格地成一定的比例的振動次數；語音的高低也不循幾何的比例而升降，語言可以應用一切可能的，自由比例的振動次數的聲調，因爲語言最大的目的在表情達意，表情達意的基本單位（音位）只要相互間能分辨意義，不會混亂也就夠了。

二、音階的升降不同：

音樂的音階必得保持其同等的振動次數，不能有自由的變化，不同的音階之間，並沒有繼續漸進的升降，只有突然的高低的。如：由「do」到「do₁」是首尾八個音階，每個音階之間的距離謂之「音程」，其中「mi」「Fa」之間與「Si」「do₁」之間是半音，實際上是半個音階的距離，由「do」到「do₁」之間的音程關係是這樣的：

調　　　名	C	D	E	F	G	A	B	C_2	D_2
音　階　名	do	re	mi	fa	sol	la	si	do₁	re₁
相對振動數	24	27	30	32	36	40	45	48	54
振動數之比	1	$\frac{9}{8}$	$\frac{5}{4}$	$\frac{4}{3}$	$\frac{3}{2}$	$\frac{5}{3}$	$\frac{15}{8}$	2	$\frac{9}{4}$

音樂的聲調由「do」到「re」的振動數是自「24」跳到「27」，由「re」到「mi」是自「27」跳到「30」，由「do」到「do₁」

是自「24」跳到「48」，這是一定的比例，絕不可任意改變的，稍爲改變了一點兒，就是唱走了調。但是語言中的聲調却不如此，它完全是自由運用的，它可以應用一切的聲調，可以自每秒「24」的振動漸升到「25」「26」「27」……，也可自「24」降至「23」「22」「21」「20」……。如國語的陽平調是「高升調」，但這個高升調並沒有標準音，它可以是由「24」升到「27」，也可是「23」升到「26」，也可以是「48」升到「51」，只要與陰平調、上聲調，去聲調相對的比較有一定程度的區別就好了。它不像音樂聲調那樣非從「24」突升到「27」不可。音樂的音階有一定的標準音程，所以同樣的聲調可以保持永久不變；語言的聲調是隨意志任意而發的，同樣的聲調不能保持很長的時間，你今天發出的國語聲調的陰平調可能是每秒振動「24」次的音高，明天可能是「26」「27」或「31」「32」次的音高。這完全是任意的，且是因人而異的。

三、調與詞的配合不同：

音樂的樂譜是固定的，所以有了樂譜之後，配上這個樂譜的詞也只能跟着這個樂譜的音階而升降。但帶有語言價值的詞，其聲調却有它的另一種固定的變化法，可能與固定的樂譜不同。從音樂的角度來看，我們是拿詞去配合音階；但是從語言的角度來看，我們却須拿音階去配合語言。其中先製譜後塡詞，與先作詞後配譜的情況是有極大的不同的。

貳、音高的探測

正因爲語言的聲調與音樂的聲調有上述的那麼些不同，也就因語言聲調的過於自由，不能固定，而往往不能用平常感官上的能力所能覺察出來。語言的音高，其高低的分別，可以是極其微小的差別。但在語言學家的立場，你總不能因爲感官難於分別就置之不理了，總應當想辦法去探測它們的實際情況，於是就不得不有音高探測的實驗。

一、測量音高的標準：

音高的測量，方法並不很難。我們知道音高是振動次數產生的結果，振動次數之多寡是指在一定的時間內來說的，如果不管時間的話，振動次數之多寡也就無從說起了。通常我們是講在一定的時間內振動次數多的，音就高；反之，音就低。再從另外一個角度來說，是一次振動佔多少時間，如果說一次振動佔的時間少，也就是在同樣的時間綿延之內這種振動的次數多，因此聲音也就高了。如果每一次振動佔的時間多，也就是在同樣時間綿延之內振動的次數少，因此聲音一定是低的。所以我們可以知道測量音高可以用每一個音波的振動所需的時間來作標準了。時間的測量是很難的，不過，我們可以拿音波在黑紙上所留的痕跡的距離來作標準，而用音叉的痕跡來劃定某一時間的綿延，在黑紙上所留的距離來作比較。

二、測量音高的方法：

準備一個浪紋計的圓筒，把它依據一定的平均速度旋轉，這麼一來，於是在某一個指定的時間綿延之中，在這圓筒所留下的痕跡也有一定的距離。我們可以在音叉的末端黏上一小條銅箔片，作爲記錄筆之用，而後敲着這個音叉，使它發生振動，再由這記錄筆循着圓筒的旋轉而讓振動的音波波紋留在黑紙上。一般的情形是：音叉都是按照一定的振動次數製作成的，每一音叉都有固定的「每秒有多少次振動」的表現。

三、振動的名稱：

振動通常有「雙振動」和「單振動」的不同；凡音波的一起一伏，各有一個「單振動」(Single vibration)，一起一伏合計爲一個「雙振動」(Double Vibration)。例如：

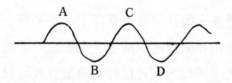

上圖自「A」至「C」或自「B」至「D」叫做「雙振動」；自「A」至「B」或自「C」至「D」叫做「單振動」。

四、計算的方法：

假如我們所用的音叉是每秒 200 個「雙振動」，我們就可數一數這音叉在浪紋計圓筒外黑紙上留下的波痕，數了 200 個「雙振動」，再來量一量在一公分 (Centimetre) 的距離有多少這種雙振動。假定我們量出在一公分的距離有 12 個雙振動，又假定它佔有一公釐 (millimetre)，那麼一公分就可以有 10 個這種雙振動了。知道了這種情況之後，我們就可以用比例的方法來計算了：如果音叉有 12 個雙振動，我們所要研究的音波有 10 個雙振動，那麼音叉又有 200 個雙振動的話，我們所要研究的音波之雙振動數如下式：

$$12 : 10 = 200 : x$$

結果是：$\dfrac{10 \times 200}{12} = 166.66$ 雙振動

或 333.33 單振動

這就是我們所要研究的音波了，它的振動頻率是每秒鐘有 166.66 個雙振動或 333.33 個單振動。物理學的計算法是以秒為單位的。

事實上我們所要研究的音波並不會剛巧是一個雙振動佔一公釐，它可能少於一公釐，也可能多於一公釐，究竟是多多少，少多少，是一件很不容易測量的事情。因此我們就不得不求助於放大鏡，用放大鏡放大所要研究的音波痕跡，只需有 25 倍大的放大鏡就夠了。放大了以後，再用精細尺把

一公釐分為 25 度，這就可以知道一個雙振動佔了一公釐的 25 分之幾，或者是佔一公釐又 25 分之幾。假定它佔了一公釐的 $\frac{23}{25}$，那麼，因為我們是用一公分去量音叉的雙振動的數目，我們又再需把一公分化為同單位的 250 度，因為每公釐是 25 度，十公釐自然就是 250 度。換言之，我們要看在 250 度的距離之間究竟有多少佔有 23 度的雙振動。算式是：

$$\frac{250}{23} = 10.87 \text{ 雙振動。}$$

這一來，我們就明白，在我們所要研究的音波裡，一公分的距離可以有這麼多與它速度相等的音波。再把這數目去代替前面比例式中的「10」（每公釐有一個雙振動，一公分是 10 個雙振動），我們的算法是：「同樣的距離，音叉的音波有 12 個雙振動，而我們要研究的音波有 10.87 個雙振動的話，那麼，音叉有 200 個雙振動的時候，我們要研究的音波之雙振動如下式」：

$$12 : 10.87 = 200 : x$$

$$\frac{10.87 \times 200}{12} = 181 \text{ 雙振動} = 362 \text{ 單振動。}$$

由以上的算法，我們可以得出一個文字說明的公式：

$$\frac{\text{我們所求的音波在同一距離間所能有的振動數} \times \text{音叉每秒鐘所有的振動數}}{\text{音叉在同一距離裡的振動數}}$$

我們儘可以用不同的音叉，不同的距離來測量，其結果都會是一樣的，只需把音叉和我們要研究的音波在同一個浪紋計

圓筒的黑紙上記錄下痕跡就行。這種方法，我們就可以把每一個振動的頻率計算出來，因此也就可以明白它的音高了。如果我們把每一個音波都計算出來，把它們記在坐標紙上，而畫出一個曲線的話，我們就可以明白這聲音的音高是怎樣變化的了。其實這也就是計算語詞的聲調的方法。

叁、音高與語言的聲調

語言中的音高變化就是聲調 (Tone or Intonation)。要是一個含有樂音的音素比其它這一類音素的平均音高，很明顯地高出很多，這個音素的音就叫做「帶調音」，而其它的那些音高比較低的音素的音，就叫做「不帶調音」。

一、非漢語的語調：

漢語的聲調是有辨義作用的，是絕對不可缺少的。但漢語以外的其它語言，如法語、德語、英語等，除了有它們整個語句的語調以外，音高在他們的語言中就沒有什麼特別的語言功能了。通常我們叫語句的語調爲「 Intonation 」，以使與單音節語的聲調(tone)有所區別。大抵法、德、英等近代歐洲語言的重音就是古代印歐語的音高（聲調）變來的。但是，有些語言，如梵語、古希臘語、立陶宛語等的音高，却隨處可見其辨義的功能，如：

梵　　語：「 V′adhaḥ 」（殺人）

「 Vadh′aḥ 」（刺客）

「raj'aputraḥ」（國王的父親）

「rajaputr'aḥ」（王子）

古希臘語：「Ph'oros」（貢品）

「Phor'os」（挑夫）

「Patr'oktonos」（被父親殺死的人）

「Patrokt'onos」（殺父者）

以上的 ['] 是指音高的升高處，不是指重音。各語言學家也拿這種符號去轉寫非拉丁字母的語言。不過古代印歐族語言的聲調只有一種，它後來又變成了重音，所以用這種符號是沒有什麼不可以的。

二、漢語的聲調：

　　漢語的聲調問題是非常複雜的，它不完全是音高的問題，還雜有音色、音長、音強等的問題在內，我們在討論音高的這一節裡，先約略地討論它的一般現象，有些問題留到第九章第二節內「聲調的標號」及第十章「漢語音韻問題」的第三節「聲調」中再討論。在漢語平均的語流裡，上聲要比任何其它的聲調長得多，入聲（很多方言中有入聲）要比任何其它的聲調短得多。在音色方面來說，北平話上聲調的語詞，要比其它三聲的發音放寬得多，所以音色是不同的，假如其它三聲的元音是 [i] 的話，上聲詞的元音一定是 [I]。其它像福州話等方言，類似這種情形就更明顯：福州話有七個調值，假如陰平、陽平、陰去的韻母是 [—y] 的話，上聲

和陽去的韻母就可能是［－øy］，陰入的韻母是［－yk］，陽入
的韻母是［－øyk］。

　　但從大體上來說，漢語的聲調還是音節聲調的問題。換
句話說，它是一個音節內部前後各段落之間的音高變化的情
形。如北平話的陰平聲在整個音節之中，自始至終都是沒有
多大的音高變化的聲音（雖然後尾稍高，但其中的變化還是
緩和而平勻的）；陽平聲在整個音節之中與陰平聲一樣，也
是自始到終很少有音高變化的聲音，不過比陰平後尾的音高
變化，似乎稍爲大一點兒。無論陰平和陽平，它們終點的音
高都比起點的音高提升了一些。從平均說話的聲調而言，陽
平無論是起點、終點的音高都在陰平之下。上聲是在整個音
節之中自始至終音高變化最大的聲音，它開始時非常的低，
其平均音高比陽平還要低一倍，而比陰平差不多是低兩倍了；
終點的平均音高幾乎要跟陽平的終點相等了。去聲的音高變
化，是十分奇怪的，它在整個音節中的變化是：開始時的平
均音高比陰平還高，一開始就往上升，到了音節的五分之一
處就平了下來，到了音節的一半處就突然下降，降到跟上聲
的起點那樣低，又馬上稍稍升了一點兒，又降到跟上聲的起
點那麼低，在音節的五分之四以後，突然又急遽地升高到與
陰平終點差不多同高的地方。劉復先生曾作過一個實驗，其
每個聲調的整個音節變化情況可參見其「四聲實驗錄」，這
裡也把他所製的「變化表」抄錄如下：

（四聲變化表）

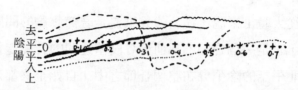

　　北平話的聲調本是沒有入聲的，但劉復却根據清代的樊騰鳳
的「五方元音」加上了一個入聲調，其變化情形也可從上表
中看出來。當然劉復所用的「發音人」可能會有個人的發音
特點，但從「音位」的觀點來看，我們只從大處來看，小地
方的微細差異，個別特性是無礙大旨的。

　　因爲聲調在整個音節當中有這樣的音高變化，所以很多
語言學家把聲調看成是「樂調」，劉復先生除了實驗以外，
還把聲調作了個樂譜，其實各聲調間的音高只有相對的比較
差異，不是像音樂那樣有固定的音高之值的，所以我們不能
把聲調看成是樂譜，如陰平調你可以說是「２－３」，後尾
稍高，但也可以說是「５－６」，「１－２」，因爲四聲之
間的差異是相對比較的結果，每個人的音高之值都未必相同；
但音樂的音高却是固定的，Ｃ調的「ｄｏ」總是Ｃ調的「ｄｏ」，
你不可以把它改成Ｆ調；聲調却是因人而異的，所以聲調絕
不可把它與音樂的音高等量齊觀的。

第三節　音　律

壹、何謂音律

一、一般的音律：

　　音律 (The beat of sounds) 就是一種節奏。所謂「節奏」也就是在一定的時間內，規則化地重複某種感覺的印象。比方說，我們現在在敲鑼鼓，在兩秒鐘之內一秒鐘敲四下鼓，餘下的一秒鐘敲一下鑼，於是就產生了「鼕鼕鼕鼕鏘──」的響聲，如果重複地這樣敲下去，於是就規則地發生「鼕鼕鼕鼕鏘──」「鼕鼕鼕鼕鏘──」……的連續響聲了，這種規則的重複，就叫做「節奏」。節奏以發生在聲音中，使人感覺起來最明顯，其實聲音以外的感覺也是有節奏的，聲音節奏的感官是聽覺感官，其它觸覺、視覺、嗅覺也是可以感覺節奏的。如：你用手摩擦腿部，向前推兩下，返後摸一下，這樣繼續摩擦下去，就成了一種節奏，這是觸覺的節奏；街上的閃光霓紅燈招牌，紅字過去以後是綠字，綠字過去以後又從頭再來紅字，這樣不斷地閃爍下去，就成了視覺中的節奏；在你的右邊放一瓶打開了蓋的香水，又在你的左邊放一瓶打開了蓋的安母尼亞水 (Ammonia)，把你的鼻一下接近左邊，一下接近右邊，於是香臭兩種氣味便會規律地出現，這就成了嗅覺上的節奏。其它如打鐵、敲釘子、破屋漏雨、清

泉奔流、林中鳥鳴、風過樹梢，只要是規則地重複，便自然形成一種節奏。

凡是聲音的節奏，我們就稱之爲「音律」，也可以稱之爲「節律」或「節拍」。

二、語言的音律：

我們這裡不是漫無目的地討論所有聲音的「音律」，而只是討論語言中的「音律」。什麼是語言的音律呢？無論任何人在說話的時候，他不是把要說的話一口氣地、不分高低地、不停頓地說完的；也不是按照音節一個一個死死板板地讀出來的，而是要有適切的停頓或間歇，配以適當的高低抑揚，把話分成若干小的段落，很有節律地說出來的。例如：

從前｜有一回｜北風跟太陽｜兩個人在那兒爭論｜
到底是誰的本事大｜北風說｜我的本事才大呢｜世界上
的東西｜沒有不怕我的｜我能吹得滿天都是黑雲｜把你
的臉兒｜嚴嚴兒地蓋起來｜弄得你｜什麼都看不見｜

這種適切的停頓和間歇，不完全是標點符號斷句的地方，而且每個人說話停頓的地方可能不完全一樣，但說話必須有適切的停頓和間歇，再配以抑揚頓挫，把它生動地表達出來，這是天經地義的事，這就是語言的音律。

以上的舉例，只是籠統地說明了「停頓」的節律，其實，語言的節律是多方面的，如「音的長短」、「音的輕重」、「音的高低」、「音色的質素」、「音的節拍」都是表現語言音

律的重要因素。

貳、語言音律的重要性

　　從形成語言音律的原因來看，語言音律的形成有兩個原因，一是生理上的需求要有音律，二是語義上的需求要有音律。

一、生理上的需求：

　　說話和人的呼吸活動發生極密切的關係，呼吸供給說話所必需的空氣量，不呼吸，人便不能說話。人的呼吸是有一定的規律的，換言之，也就是說：人的呼吸是有節奏的，是一呼一吸反複不斷地進行着的。呼吸有一定的時間上和量度上的限度，固然也有人故意吸很久很久的氣，或呼很久很久的氣，那是特殊情形下的「肺活量」測驗；或兒童時玩遊戲看誰的吸氣或呼氣最久。正常的呼吸並不是那樣的。說話為了配合呼吸上的要求，不得不有節奏。一般人的正常呼吸，大約是每分鐘十七次左右，呼出的空氣要由吸入的空氣來補充。為適應着人的呼吸上的要求，人在說話的過程當中，就不得不作適當的停頓或間歇，否則，人的生理上就有不自然和不舒服的感覺。

二、語義上的需求：

　　說話除了與人的呼吸相關以外，同時也和人使用語言的

目的有關。人類使用語言的目的是爲表情達意,以完成交際、思想交流、使人與人之間能互相了解。要想清楚地、明確地傳達思想和情感,而使對方能清楚地了解,就必須用盡方法使自己的語詞之語義能顯明地表現出來,而在一些語詞與另一些語詞之間作適切的停頓、抑揚,就是使語義更顯明化的一種方法,這樣,也就自然而然地產生語言的音律了。

三、呼氣段落:

隨着人們生理上(呼吸)的要求,在口語裡自然而然地分成若干段落,這種段落叫做「呼氣段落」,「呼氣段落」按照呼吸的要求來說,應該是長短一致的,但實際上長短却並不完全一致,如在「今天天氣很好,不冷也不熱」這麼一句話裡,說話時所分成的呼氣段落是:

　　　今天 | 天氣很好 | 不冷 | 也不熱 |

這是因爲「呼氣段落」在不妨礙呼吸的情況下,可以自然地隨着語義的轉變與必要而有調整和改變,因此,呼氣段落的長短也就不完全相等了。

四、語言音律的重要性:

音律是語言內在的成素,只要有語言的活動,就必然有語言的音律。但我們也不能因爲語言中自然而然地就必定會附有音律而忽視它,儘管語言的音律是天生自然的,但要充分地運用語言的音律,使語言發揮更高度的功能,那實在不

是一件很容易的事情。在語言中，適切地發揮音律，是人們清楚和準確的表情達意的一個很重要的輔助手段。所以，一個人，尤其是一個教師、牧師、律師、政治家、宣傳家等，在語言上講求音律，是非常重要的。在詩歌的語言中，音律更被特別的强調，因為音律是詩歌的生命。但是詩歌中的音律，實際上就是語言的音律，因為詩歌的音律主要是通過語言的音律來形成的。只是從詩歌的藝術成就來說，它比普通語言更强調音律而已。

叁、語言音律的類別

一、長短律：

古代印歐族的語言，如梵語和希臘語，都是用音的長短表現音律的，表現的方法是：使長音作周期性的重複，如有些「吠陀詩」的詩句，每一句都分成前後兩段，前段的音節是可長可短，完全自由的；後段的最後一個音節却必須是固定的長音節或短音節。希臘語的情形也是如此。這是用音長去表現音律的語言實例。

二、輕重律：

現代的法語是用重音來表現音律的，如法語中的十二音節詩，習慣總是分作四個詩格，每一格都用重音來表現，如拉辛的詩：

　　　un destin | plus heureux | vous conduit | en ʹepire.
其中只有兩個重音是固定的重音，就是第六個音節和第十二
個音節。其餘的兩個可以自由地落在不同的地方。英語和德
語也是同樣的情形，也有用重音去表現音律的習慣。不過法
語的重音一向本來都是不明顯的，到了詩句中為了特別表現
音律，就把重音加重表現出來，因此法語的輕重律顯得十分
地顯明。德語和英語因為本來就有重音，在詩句的輕重律中
加重了重音作為音律，但不如法語那麼顯明。散文也是有節
奏的，我們前文講到散文的語句之適當停頓或間歇就是音律，
而這種音律也多數是用重音來表現的。這就是用重音來表現
音律的實例。

三、高低律：

　　我們漢語的語詞都有聲調，形成聲調的主要因素是音高，
把音高的高低作適切的調配，就能產生節奏，這種節奏的形
成在於音高，因此我們就稱這種音律為「高低律」。前人所
謂的「前有浮聲，後須切響」，就是指音高的調配必須恰當，
使其產生幽美的音律的意思。尤其是漢語的律詩，把平仄字
音的音節作規律的規定，如「平平仄仄仄平平，仄仄平平平
仄仄。」以及「二四六分明」之類，就是音高律的嚴格規則，
規定第幾句詩的第幾字必須是平或必須是仄，是一點兒不可
隨便的。這是以音高表現音律的典型例子。

四、音色律:

　　音色也就是音質,詩歌中所謂的「押韻」,就是用音色去表現音律的一種方法。也就是把同一音色的音節間隔多少時間就讓它重複出現一次,如我們作一首押「陽」韻的詩,讓那些跟「陽」字同音色的詞在某些必須出現的地方,給它們作規律性的出現,如:

　　　　風吹柳花滿店香,吳姬壓酒勸客嘗;金陵子弟來相
　　送,欲行不行各盡觴;請君試問東流水,別意與之誰短
　　長。

這其中的「香、嘗、觴、長」就是同音色的音節之重複出現,所謂同音色,是指音節的音峰到音節的結束為止,音峰以前的音素可以不計,換言之就是從「主要元音」開始到「韻尾」為止的相同,這就算是音色相同了,「介音」不同是可以不管的。以音色的相同以求押韻而來表現音律,是各種語言都有的,不僅漢語而已。

五、節拍律:

　　把語言的節奏表現在「節拍」上,就叫做語言的「節拍律」。希臘語和拉丁語的詩歌,就是以節拍來表現詩律的。他們規定一個短元音是一個拍子,一個長元音等於兩個拍子。在詩句裡重複均勻地出現,而形成詩的節奏,這就叫做「詩格」,不同節拍的詩格,如:

1. 揚抑格：由一個長音節和一個短音節所構成的雙合格謂之「揚抑格」。

2. 抑揚格：由一個短音節和一個長音節所構成的雙合格謂之「抑揚格」。

3. 揚抑抑格：由一個長音節和兩個短音節所構成的三合格謂之「揚抑抑格」。

4. 抑揚抑格：由兩個短音節的中間夾了一個長音節所構成的三合格謂之「抑揚抑格」。

這種詩歌的特點是：以格的數目構成了詩歌的節拍，如「六節拍詩」就是帶有六個詩格的詩，它的前五個詩格是「揚抑抑」格，最後一個詩格是「揚抑」格。這種以節拍表現音律的方法，也是眾多語言音律中的一種，我們稱之為「節拍律」。

第七章 音位學

第一節 音 位

壹、音位的涵義

　　從物理學或生理學的角度分析出來的聲音現象，在不同的語言中需要用不同的方法去處理。有些現象在這一種語言中需要區別，而在另外一種語言中却可以不區別。例如在漢語中「霸」［pa］這個詞的音，決不可讀成［p′a］，因爲這樣讀，它就成了另外的一個詞──「怕」了。但是我們把它讀成［ba］却不會引起詞義上的誤解。在法語當中却正好相反，例如「pas」［pɑ］（不）裏面的［p］決不可以唸成［b］，因爲這樣使得別人會誤解爲另一個詞──「bas」［bɑ］（下），但是我們把「pas」中的［p］唸成［p′］却不至於引起詞義上的誤解。由此我們可以看出，語音現象是一種人類團體的社群現象，不能單純地從物理學或生理學的角度去研究它們。我們所研究的是結合著一定詞彙意義或語法意義的聲音現象，把那些在某種語言（或方言）中能夠和別的語言在區別意義作用上有所不同的聲音單位叫做該語言

(或方言)的音位（phonemes）。例如［p］和［p′］是漢語的兩個音位，［p］和［b］是法語中的兩個音位，而［p］與［b］在漢語中沒有區別意義的作用，不能算作漢語的兩個音位，［p］和［p′］在法語中沒有區別意義的作用，也不能算作法語中的兩個音位。從這裏也可以看出，人類語言中所具有的每一個音素在一個具體的語言（或方言）中不見得都單獨構成一個音位，而某個語言（或方言）的一個音位常常包含了好幾個音素（當然，有時也可能只是一個音素），其中往往有一個是主要的，別的音素則是這個主要音素的不同變體。例如漢語中的［t］輔音，它在「都」［tu］中受［u］的影響而圓脣化，在「大都市」［tatuʂʅ］這個詞組中，［a］和［u］中間的［t］受前後元音的影響而濁化，在「顛」［tiɛn］這個詞中受元音［i］的影響而顎化……等，這些脣化的［t］、濁化的［t］、顎化的［t］都是［t］的變體。一個語言（或方語）中所有的音位和音位之間的組合規則構成了該語言（或方言）的音位系統。

貳、音位論

音位論是指把語音應用到實際的語言上去，看它能發生什麼樣的功用而言的。它在語言研究中的最大用處是在能夠把應該辨別的聲音都辨別出來，不管它多麼微細；而把不必辨別的聲音故意混爲一談，不管它在相互之間有多麼大的差別。如法文中的「patte」［pat］（爪子）和「pâte」［pɑt］

（漿糊）中的［a］和［ɑ］；「moi」［mwa］（「我」的偏格）和「mois」［mwɑ］（歲月的「月」中的［a］和［ɑ］；蘇州話「襪」［maʔ］和「麥」［mɑʔ］中的［a］［ɑ］都是極微細的區別，但是它們都因為這點兒小的區別便成了不同的詞義，我們就非辨明這是不同的兩個音不可，不然在詞義上的區別便混淆不清了。反過來說，如英文「spy」［spai］（間諜）和「pie」［pʼai］（餡餅）中的［p］和［pʼ］；「stone」［stoun］（石）和「Tone」［tʼoun］（聲調）中的［t］和［tʼ］；「school」［skuːl］（學校）和「Cool」［kʼuːl］（涼快）中的［k］和［kʼ］，在我們中國人的耳朵裏聽起來，似乎差得非常之遠，因為在中國人的習慣裏「送氣」和「不送氣」是絲毫不得馬虎的，可是在英美人所用的語言中，送氣與不送氣根本不起辨義作用，因此也就沒有辨別異同的必要，於是英美人根本不留意這當中的差異，連聽都聽不出這中間有什麼聲音的不同來。

　　音位論主要就是討論上述的那些該分的或者可以不分的現象，當該區別的時候，就是再微細的也得分，絲毫不可馬虎；不必分的時候，卽使有很大的差別，也可以混為一談，不用分開。當然，微細不微細，差別大不大，是指我們在超越所有的語言之上，從客觀的觀點來說的；至於該分不該分，只是站在某一個實際語言的立場中來說的。因為有時候在客觀的立場說，某兩個音的差別實在很大，可是在不必分的語言立場來說，他們竟一點兒也感覺不出相互間的差異之大來；

有的時候在客觀的立場來說,某兩個音的差別實在過於微細,連用儀器來分別,都很不容易,可是在那必須分的語言中的人來說,他們覺得很容易分,而且差別很大。語言的社群現象就是這麼奇怪的。當然,這該分與不必分的分辨能力是從習慣中得來的,有了能分別的習慣,分起來自然不難;沒有分別的習慣(因為在自己主觀的語言中不必分),雖然有更大的差異,他們也是不會去注意它的。

從純粹語言學(不套入某一個語言或方言中去)的看法,是要把語音分得很細,很精密,能分多細就分多細。但從「音位論」的觀點來看,却是不必分的就不分,看究竟有哪些音在哪些語言中是不必分的,它們是如何地可以混為一談。如英語「tell」[tеɬ]、「teller」[t′elə] 兩字中的 [ɬ] 和 [l] 在發音時明明是不同的,但因為它們之間沒有辨義的語言價值,因此也就混為一談了,而一般的字典標音也就都用 [l] 來標而成 [tel]、[t′elə] 了。又如美國人說「get」[ɡet] 與「getter」[ɡeʃɚ] 兩個字,第二個 [ɡeʃɚ] 的 [ʃ],既不是 [t] 也不是 [t′] 也不是 [d],而是一個舌頭一閃就迅速過去的音,也可以說是 [r] 只閃了一下的音,但在美國語字典中的標音,也因為它們沒有辨義的作用而一律標為 [ɡet] [ɡetɚ],像這種明明有別,而無分別必要的音,我們在「音位論」中一律把它列為一個音位,因此我們就知道,音位標音有時是真正的「音值」,有時只是代表「音位」而不是「音值」,上述的兩個例子我們可以

把它們寫成：

$$/ \text{l} / = \left\{ \begin{array}{c} [\text{l}] \\ [\text{ɬ}] \end{array} \right. \qquad / \text{t} / = \left\{ \begin{array}{c} [\text{t}] \\ [\text{ʃ}] \end{array} \right.$$

用兩道斜槓括起來的，是音位的標記；用方括弧的是音值的標記。至於／l／和／t／要怎麼讀，則要看它在什麼環境之中出現。一般的標音多數都是音位標音，不把語音分得太細，只以辨義與否爲準，而習慣上所用的標記都是［　］，因此，如果當你未經老師指導而去學自己母語以外的語言時，碰到「tell」［tel］、「teller」［t'elɚ］這種標音是很不容易掌握它們眞正的音值的。

叁、音位的特性

前文既已說明了音位觀念之所以存在的理由，進一步我們就討論到我們如把一個要研究的語言加以分析，然後再從那些複雜的音素當中，歸納出一套有系統的音位。在歸納音位系統的時候，我們必須明白音位是有它幾個特點的，現在把它分述如下：

一、同位音的相似性：

當我們歸納音位的時候，把一些不同的音素歸納成一個音位，這些不同的音素都必須比較相似，如：廈門語「今」［kim］、「蓋」［kai］、「割」［kuaʔ］中的［k］，都因爲拼合的元音不同，而［k］的發音部位也就不同，［kim］音中

的［k］最前，且略帶顎化，［kai］音中的［k］則比較在後，［kua^ʔ］音中的［k］因為受［u］元音的影響，發音部位最靠後，且成了圓脣的［k］，只要我們稍加留意，就可感覺出這些音的不同來，但因為它們都是很相似的［k］，所以我們可以把它們歸納成一個音位。又如英語「key」的輔音帶有［i］的意味，「Cat」的［k］帶有［æ］的意味，「Cool」和「school」的［k］帶有［u］的意味，而「school」的［k］不送氣，「cool」的［k］送氣，但英美人的感覺中完全是很相似的音，他們對送氣、不送氣根本就感覺不出來，因為在他們的發音中，覺得完全是一樣的，［k］［k′］並不作為辨義之用，因此也就歸納為一個音位了。這些同一音位中的不同音素，我們稱之為「同位音」（Allophone）。再如日本語的字母「は」［ha］、「ひ」［hi］、「ふ」［hu］，實際上「は」音中的聲母是［h］，「ひ」音中的聲母是［ç］，「ふ」音中的聲母則是［Φ］，可是在日語中却只算是一個音位［h］，在日本人自己感覺起來全是喉部發出的音，因為它們都相似，所以自然也就歸納成一個音位了。

二、同位音的排斥性：

不同的音素雖屬在同一音位之中，却不能在同一條件下出現，如西班牙語中的［b］包括了［b］［v］兩個不同的音素，他們的［b］只出現在開頭的地位上，如「bala」（球）、「beso」（接吻）、「boda」（婚禮）；他們的［V］

則只出現在詞的中央，如「avana」（阿瓦那）、「kuva」
（古巴）、「tavako」（烟草）、「uva」（葡萄）。只有［b］
出現的地方，決不允許有［v］出現；反過來說，凡有［v］
出現的地方，也決不允許有［b］出現，這就叫作「同位音
的排斥性」。同樣的，我們前文提到的，英語中的「tell」
［teɫ］、「teller」［tʼelɚ］，是同一個［l］音位的變體
分音，它們雖同屬一個音位，但却是有一定的條件才能出現
的，［ɫ］必須出現在元音的後頭，而且它的後頭沒有任何
其它的元音音素了，如：「tell」、「also」、「alp」、
「Help」等。至於［l］呢，必須在它的後頭有個元音，或者它
居在兩個元音的當中（如：「light」、「teller」、「al-
oud」、「elector」等），它才會出現。換言之，在元音的
後頭，而後面再沒有元音音素的條件下，是不會出現［l］
的；而在元音之前，或兩個元音的當中是絕對不會出現［ɫ］
的。這就是互相排斥的條件。

三、同位音的對補性：

所謂「對補」也就是說幾個不同的音素，彼此都是同一
音位中的變體分音，互相補充成一個音位。也就是說：在同
一音位中的幾個音素，如甲、乙、丙、丁四個音素，凡甲、
乙、丙不能出現的地方，就完全由丁負責出現；同樣的，甲、
乙、丁不能出現的地方，就完全由丙負責出現；甲、丙、丁
不能出現的地方，就完全由乙負責出現；乙、丙、丁不能

出現的地方，就完全由甲負責出現。這樣互相補充以完成一個音位所擔當的完整使命，叫做「同位音的對補性」。例如日本語的字母「た」[tɑ]、「ち」[tɕi]、「つ」[tsu]、「へ」[te]、「と」[to]，共用了 [t] [tɕ] [ts] 三個音素組成一個音位，凡是 [i] 的前面，[t] [ts] 不能出現，於是就由 [tɕ] 來補充；[u] 的前面，[t] [tɕ] 不能出現，於是就由 [ts] 來補充；[a] [e] [o] 的前面，則 [tɕ] [ts] 都不能出現，於是就由 [t] 來補充，這樣互相補充而成一個音位，所以我們叫它爲「同位音的對補性」。

四、音位的系統性：

凡是一套音位，它都是自然地成爲一個簡單整齊的系統的，如我們漢語的中古音就是一個整齊的系統，在唐宋人的字母當中，它的整齊性和系統性是顯而易見的：

　　幫 [p] 、滂 [p′] 、並 [b] 、明 [m]

　　非 [f] 、敷 [f′] 、奉 [v] 、微 [ɱ]

　　端 [t] 、透 [t′] 、定 [d] 、泥 [n]

　　知 [ȶ] 、徹 [ȶ‘] 、澄 [ȡ] 、日 [ȵ]

　　見 [k] 、溪 [k′] 、羣 [g] 、疑 [ŋ]

　　影 [ʔ] 、曉 [x] 、匣 [ɤ] 、喻 [o]

　　精 [ts] 、清 [ts′] 、從 [dz] 、心 [s] 、邪 [z]

　　莊 [tʃ] 、初 [tʃ′] 、牀 [dʒ] 、疏 [ʃ] 、俟 [ʒ]

照〔tɕ〕、穿〔tɕ'〕、神〔dʑ〕、審〔ɕ〕、禪〔ʑ〕
來〔l〕

以上的那種整齊性和系統性是很明顯的，其中「莊」組和
「照」組是清代人歸納中古反切上字所得的結果，不完全是唐
宋人的字母，除了「來」〔l〕顯得有點兒孤單，「影」組有
點兒特殊以外，其餘都是整齊得出人意表的，而且這可以說
完全是當時語言的實況，不是人為的，而是自然的語言現象，
所以在整齊之中，也略有不整齊如「來」與「影」組的那種
情形。再如現代的標準國語，也是很整齊的，絕對不是人為
的結果，如：

$$〔p〕、〔p'〕、〔m〕、〔f〕$$
$$〔t〕、〔t'〕、〔n〕、　　　〔l〕$$
$$〔k〕、〔k'〕、〔ŋ〕、〔x〕$$
$$〔tɕ〕、〔tɕ'〕、〔ȵ〕、〔ɕ〕$$
$$〔tʂ〕、〔tʂ'〕、　　　〔ʂ〕、〔ʐ〕$$
$$〔ts〕、〔ts'〕、　　　〔s〕$$

當然上列的聲母當中並不是每組都有鼻音，〔tʂ〕組又多了
一個濁擦音，〔t〕組則少了一個擦音而多了一個邊音，但
至少「送氣」與「不送氣」的音是非常整齊的，這也可以算得
上是簡單整齊的系統了。上述聲母當中〔ŋ〕〔ȵ〕兩個音位
後來因為北平音中不用它們作聲母，也就把它們取消了，
〔ŋ〕後來只用在韻尾當中。

語言是自然的，整齊也是自然的整齊，我們不能用人為

的方法使它更整齊、更系統；如果用人為的方法使它更整齊、更系統，可能就會傷害到語言的「自然」本性了。不僅漢語如此的有系統性，其它如日本語的字母也是很整齊、很系統的，儘管他們的 ［ta］［tɕi］［tsu］［te］［to］是對補而成一個音位的，但正因為對補的關係使它的系統就更整齊了。英語也是有它整齊、系統的一面的，它們的輔音，清濁成對，便是整齊與系統的具體面目，如：

                        ［ts］［dz］成對，
      ［p］［b］成對，   ［t］［d］成對，
      ［k］［g］成對，   ［f］［v］成對，
      ［s］［z］成對，   ［ʃ］［ʒ］成對，
      ［θ］［ð］成對，   ［h］［r］成對，
      ［tʃ］［dʒ］成對，   ［ʍ］［w］成對，

以上除了 ［h］［r］不是同發音部位的一對以外，其餘都是十分整齊的系統。當然，它們也有不整齊的一面，如 [m]［n］［ŋ］［l］［j］就是一些掛單的音位，但這已經夠整齊的了。這就是「音位的系統性」的一面，是討論音位特性中不能忽略的一點。

肆、歸納音位的原則

    前述的有關音位的相似性、排斥性、對補性、系統性等四個特性，是音位觀念當中的基本要點，把那四點合在一起，就可成為一個音位的定義。以下我們再提出三個原則，是當我們要研究語言，歸納他們的音位時必須注意到的原

則。當然，我們並不是要勉強用削足適履的方法要求所歸納的音位與原則相合，而是希望儘可能地顧慮到這些原則。這些原則是：

一、音位的總數要少：

我們前面說過，如果按語音學的分析法，不同的音可以分得很細，那麼，這一來音素的數目可能會很多很多。我們歸納某一語言的音位系統，目的在教學上方便，記憶容易，掌握容易，傳授容易，如果把音位的數目定得太多，則記憶、掌握、傳授都不容易了，那就失去歸納音位系統的意義了。如我們在前面所說的〔k〕音位，在廈門話中它可以跟〔i〕〔e〕〔a〕〔u〕〔ɔ〕結合，而因為跟它結合的元音之異，也就促使〔k〕本身的發音部位和發音方法有前、後、展脣、圓脣的不同，換言之，它就隨著每一個元音的前、後、圓、展而改變了它的音質。音質不同，自然我們就有理由把它分別因發音部位與發音方法之異而制出許多音標，這一來，音的單位可就多起來了。每一個音位中的變體分音，如果都有幾個不同的音標來表示音值，那麼，整個音位系統的總數就可能會複雜到令人難以記憶，因此也就有礙傳播、妨礙語言的教學了。為此，所以我們基於要求方便的理由，盡量地以理性上的辨義為標準，能合的盡量地合；只要不妨礙辨義，就都把它們混為一談，合成一個音位，以求符合「音位的總數越少越好」的原則。

二、要使本地人感覺自然：

歸納音位時，因爲你歸納的對象是某地的語言（或方言），那麼，你歸納出來的音位必須合乎操這種語言（或方言）者的自然感、逼眞感。所以，當我們記錄語音的時候，要找一個理想的「發音合作人」，要考查他的背景，看他說的話有沒有受其他語言的影響，看他是否確能代表本地語言的標準者。既定之後，就以他爲無上權威，不能以自己的主觀跟他強辯；除非你後來發覺他的背景有問題，發現他的發音有別地方語音的混雜，否則，便必須尊他爲權威。因爲他是本地人，說的是正宗的本地話，而你記錄的音，歸納的音位必須使本地人感覺自然，完全合乎本地人的發音習慣，這叫做「土人感」（Feeling of the native），凡是本地人說的：「這才是我們這裏的說法」，「我們這裏沒有像你那種說法的」，這一類的忠告，我們是千萬不可忽視的，否則，也就不能合乎「土人感」了。當然，我們所尊重的只是本地人發音的語言材料，如果他們還提出一些語言理論的話，你就不能尊他爲無上權威了。因爲有些對語言毫無認識的人，他也會說出一套似是而非的語言理論的，如有些人說：「我們家鄉說的都是吸氣音」，但事實不是；又有人說：「我們家鄉說的全是唐代的語音」，但事實也不可能；又有人說：「我們家鄉的語言都帶有濃重的鼻音」，其實是他個人的錯覺。凡是這一類似是而非的理論，你可以作爲參

考，却不可作爲無上的權威來看待，因爲他們是「想當然耳」、「似是而非」的見解，這種見解在語音學上叫做「第二層的判斷」（secondary judgment），只可作參考，而不可作權威看的。但他們的發音資料，則是語言中的原本素材，那是絕對權威的。

三、儘量使之與歷史語音吻合：

　　凡是一個歷史悠久的語言，雖然它是從古到今都在不斷的變化，但它的變化是成系統的，有一定的淵源的，如漢語中的濁聲母字，在中古時的聲調都是「陽聲調」，因此現在標準國語中的「陽平調」都是中古的濁聲母字變來的；進一步說，凡現在標準國語中的平聲字裏頭，只要在中古是屬於濁聲母的，現在都應該唸「陽平」，如「期」「微」「危」「帆」「濤」等字儘管現在北平人的口語裏多數人都把它們讀成「陰平」，但從歷史演變的系統來看，它們在聲調音位的歸納上，應該被歸到「陽平」中去的。又如「基、溪、希」三個字，在中古時期的系統中是唸 [ki] [kʼi] [xi] 的，如果按照它們的演變規則來看，它們變爲現代音應該是 [tɕi] [tɕʼi] [ɕi]，但是其中的「溪」字，現在有兩種唸法，有些人唸 [tɕʼi]，有些人唸 [ɕi]，甚且現在的北平人唸 [ɕi] 的倒反多過唸 [tɕʼi] 的，歸納音位的人，如果考慮要和歷史音變系統相吻合的話，應該把「溪」歸到 [tɕʼ] 這個聲母的系統當中去。另外是中古「精」「清」「心」

這一字母系統中的字，現在在標準國語中也都是讀 [tɕ]
[tɕʼ] [ɕ] 的，原來現在標準國語中的 [tɕ] [tɕʼ] [ɕ]
聲母在中古是分為兩條途徑的，它們的關係是：

$$\left.\begin{array}{l}
[ki] \quad [kʼi] \quad [xi] \\
（如「基」「欺」「希」） \\
[tsi] \quad [tsʼi] \quad [si] \\
（如「濟」「妻」「西」）
\end{array}\right\} \rightarrow \quad [tɕi] \quad [tɕʼi] \quad [ɕi]$$

但是現在的北平城外還有許多地區唸「基」「欺」「希」為
[tɕi] [tɕʼi] [ɕi]，唸「濟」「妻」「西」却仍是
[tsi] [tsʼi] [si]，我們為了吻合歷史音韻，當然北平
城外的發音可能更接近歷史系統，但為了「音位的總數越少
越好」的原則，則又必須取北平城內人的發音，就連 [tsi]
[tsʼi] [si] 也歸入 [tɕi] [tɕʼi] [ɕi]，事實上這樣
歸也還是可以看得出歷史語音的演變系統的，你只要知道現
在北平話的 [tɕ] [tɕʼ] [ɕ] 聲母是由中古的 [k] [kʼ]
[x] 細音和 [ts] [tsʼ] [s] 細音演變而來的，這也就
不會湮沒歷史語音的演變系統了。

第二節　音位的變體

壹、音位的變體：

一、音位的條件變體：

前面我們曾提到過在西班牙語裏，〔b〕和〔v〕是一個音位，但它們是不同的兩個音素，彼此都是同一個音位的變體，但它們出現的地方是有條件的，而且是互相排斥、互相補充的。〔b〕只出現在詞的開頭的地方，如「bala」、「beso」、「boda」等是；〔v〕只出現在詞的中央，如「avana」、「kuva」、「tavako」、「uva」等是。「變體」有人又叫它為同一音位的「分音」的，凡是有條件的變體，則稱之為「有定分音」，所謂「有定」也就是「有條件」的意思，如〔b〕一定出現於詞的開頭而決不出現於詞的中央，〔v〕一定出現於詞的中央而不出現於詞的開頭，這種條件就叫做「有定」，「有定」也就是「一定」「必然」的意思，指所出現的地方是「一定的」、是「必然的」，所以這兩個分音就叫做「有定分音」了。又如英語中「school」〔skuːl〕裏的〔k〕不送氣，「cool」〔k′uːl〕中的〔k′〕送氣；「speak」中的〔p〕不送氣，「peak」中的〔p′〕送氣；「stick」中的〔t〕不送氣，「tip」中的〔t′〕送氣。這送氣與不送氣也就是兩個不同的音素了，但它們的出現是有條件的，條件是：凡在「s」後的塞音一定不送氣，凡不在「s」後的塞音一定送氣。這種有條件的同位音的變體，我們就稱之為同位音的「有定分音」或「條件變體」。

二、音位的自由變體：

音位的自由變體，也叫作音位的「無定分音」。是指某一語言當中的兩個聲音在同一位置中出現，並且可以相互替換，而不改變詞語的意義的，這樣的聲音就叫做同一音位的「自由變體」，也叫做同一音位的「無定分音」。如南京一帶人的〔n〕〔l〕兩個聲母是不分的，有些唸「惱怒」為〔lau〕〔lu〕，有些人唸〔nau〕〔nu〕，有些人唸〔lau〕〔nu〕，有些人唸〔nau〕〔lu〕，它們完全可以自由交替著出現，不互相補充，不互相排斥，沒有出現的條件，這種現象之下的同位音之變體，我們就稱之為「同位音的自由變體」，也叫「同位音的無定分音」。又如南京一帶人的陽聲韻韻尾〔—n〕〔—ŋ〕是可以自由出現的，如「金」「京」「銀」「營」「人」「仍」等字的韻尾，他們有時唸〔—n〕的韻尾，有時唸〔—ŋ〕的韻尾，也是沒有任何固定的條件的，所以有人說南京朋友的「吃了一驚」與「吃了一斤」是分不開的，原因就在南京人〔—n〕〔—ŋ〕韻尾之互為「自由變體」的緣故。

貳、辨義形態與無義形態

一、辨義形態：

所謂「辨義形態」是指語言中所發的聲音是有「辨義作

用」的，其實也就是「有辨義作用的聲音形態」之簡稱。如英語「speak」中的〔p〕在習慣上是不送氣的，「peak」中的〔p〕在習慣上是送氣的，但習慣儘管是習慣，儘管它們有一定的出現條件，在某種條件下就送氣，在某種條件下就不送氣，可是在英美人來說，他們並沒有留意到這兩個〔p〕的區別會有什麼必要，或有什麼重要。事實上，在他們的語言中根本就是不必注意它們的區別的，因為它們並不用作辨義，因此這兩個〔p〕的送氣與否，在英美人的語言中，是很少被人注意到的，雖然在不同的位置中出現，它們自然而然地便有送氣、不送氣之別，反過來說，在我們漢語中「霸」〔pa〕和「怕」〔p'a〕兩個〔p〕，前者不送氣，後者送氣是用作辨別意義的準則的，如果把它們混亂，那麼，兩者之間迥然不同的詞義也就分不開了，這兩個〔p〕之必須分送氣與不送氣，它在辨義上所佔的重要地位是顯而易見的，像這種必須區分，而且是為辨義而必須分開的聲音形態，我們就稱之為「辨義形態」。

二、無義形態：

「無義形態」與「辨義形態」是相對而言的，也就是兩個聲音在音質上為「無辨別意義作用的聲音形態」，我們簡稱之為「無義形態」。前面所說的「speak」與「peak」中的〔p〕雖在英語有送氣與不送氣的表現，但它並不負有辨義的責任，因此我們就說這兩個〔p〕所表現的是「無義

形態」。又如國語「巴」〔pa〕，如果我們把當中的〔p〕唸成送氣音，那是絕對不可以的，因爲〔p〕〔p′〕在國語中是「辨義形態」；但如果我們把「巴」唸成〔ba〕的話，却是勉強可以被人承認的，因爲〔p〕和〔b〕在國語中是「無義形態」。又如國語的「巴」「拔」「把」「霸」四個音，只在聲調上的差異，就形成了四個不同的意義，論它們的輔音和元音並沒有絲毫的不同，只是聲調不同而已，可見聲調在國語中是「辨義形態」；相反的，在法國「pas」〔pa〕是「不」的意思，這個〔pa〕即使把它唸成了〔pa˥〕〔pa˧〕〔pa˨〕〔pa˩〕四種不同的聲調，在他們聽起來還是「不」，因爲單獨一個音節的聲調在法國是「無義形態」的緣故。

叁、首音位與次音位

一、首音位：

音位就是音位，爲什麼又有「首音位」、「次音位」的不同呢？原來一種語言中的「辨義成份」有時是多方面的，如我們的國語，我們把它的整個語音系統按照辨義的形態，分析爲輔音單位、元音單位、聲調單位，每一個單位都是辨義的單位，都有區別詞義的作用在它們當中，這些單位我們就稱之爲「首音位」，如果在首音位之外還可以在語音當中找出一些能幫助辨義的，比較次要的因素，這些次要的辨義因素就不是「首音位」範疇之內的因素，那我們就稱它

爲「次音位」。國語中的首音位有：

　　輔音：

　　　屑　音：［p］［pʼ］［m］［f］

　　　舌根音：［k］［kʼ］［ŋ］［x］

　　　舌尖音：［t］［tʼ］［n］［l］

　　　　　　　［ts］［tsʼ］［s］

　　　舌面音：［tɕ］［tɕʻ］［ɕ］

　　　捲舌音：［tʂ］［tʂʻ］［ʂ］［ʐ］

　　元音：

　　　舌尖元音：［ɿ］［ʅ］［ɚ］

　　　舌面元音：［i］［u］［y］［a］［o］［ə］

　　　　　　　　［ɤ］［e］

　　　複元音：［ai］［ei］［au］［ou］

　　聲調：

　　　高平調：［˥］

　　　高升調：［˩˥］

　　　降升調：［˨˩˦］

　　　全降調：［˥˩］

以上都是我們國語中的「首音位」，看起來它們的單位很
少，但在拼合時，每個音位都有它們自己的特性；哪個音位
跟哪個可以結合，跟哪個不可以結合，都有它們的規律；每
個音位可以或不可以出現於語言單位中的某個地位，也都是
有它們自己的特點的。如國語輔音中的［ŋ］只出現於韻尾，

而不作聲母用；［e］［o］兩個音位沒有單獨作爲韻母用
的，只有跟其它元音結合後才可以作爲韻母用，如［ye］
［ie］［ei］［uo］［ou］等是；輔音的鼻音中，只有［n］
［ŋ］可以出現於韻尾，［m］卻不出現於韻尾。這都是這些
「首音位」的特性和規則。

二、次音位：

我們前面已經說過，「次音位」是首音位以外的一些比
較次要的辨義成分，而且首音位與次音位是相對而言的。本
來音位就是音位，無所謂「首」或「次」的；但依照它們所
處地位的重要程度如何來看，它們的確是有「首要」與「次
要」之別的，因此我們也就把它們分別來說了。以我們的國
語來說，旣然前面所列的那些「輔音」「元音」「聲調」是
國語中的首音位，那麼次音位自然是在前面所列的那些音位
以外的東西了。那是什麼呢？原來在我們說國語時，除了用
輔音、元音、聲調來辨義以外，有時還借重語氣來辨義的，
所謂「語氣」，它包括了不少內容，諸如「句調」的高低，
間歇的長短，以及用力的輕重等，都可能有辨義的作用，如
「我吃了」三個字，因語氣的不同，可以產生下列的意義：

1. 「我˙吃了」：加重「我」字的發音和音長，表示
    是：「我」吃了，不是別人吃了。

2. 「我吃˙了」：加重「吃」字的發音和音長，表示

　　是：「我已經吃過了，並不是還沒吃」。

3. 「我吃了」：加重「了」字的重音和音長，表示
　　是：「我已經吃過了，用不著你費心」或「我吃掉
　　了，你不許我吃嗎？你能對我如何？」等的意思。

　　又如「這是一頭牛」這麼一句話，如果分別加重各個字
的重音和音長，可能會產生如下的不同意義：

1. 「這是一頭牛」：表示：「這個」是，不是「那
　　個」是。

2. 「這是一頭牛」：表示：確實是牛，不是騙你的。

3. 「這是一頭牛」：表示：是「一」頭，不是「兩」
　　頭「三」頭。

4. 「這是一頭牛」：表示：是「一頭」，不是「一個」，
　　也不是「一位」。

5. 「這是一頭牛」：表示：是一頭「牛」而不是一頭
　　「馬」。

　　此外，如「間歇」方面，我們把某一句話的某一地方間
歇得久一點兒，語氣中所產生的意義可能就會不同。例如
「這不可以」這麼一句話，如果平舖直敍的唸下來，它就是斬
釘截鐵的、肯定的「不可以」；若是把「這」字拉得很長，
中間還來一個停頓，那麼，「不可以」的含義就成了不十分
肯定的了，甚而是屬於「有商量餘地，可以改變，也許還可
以」的含義了。

　　凡以上所說的種種，是在「首音位」以外的辨義成分，

我們一概稱之爲「次音位」。

肆、超音質音位

　　從聲音的物理性質來說，作爲聲音的本質屬性的，是它的音質，因此，在音質上不同的聲音，就是聲音的最小單位。但是從語音的角度來說，也就是從「起著區別理性意義作用」的語音角度來說，在區別理性意義上具有彼此對立功能的聲音特點之單位，就是音位，因此我們說「音位」是語言的最小單位。正因爲如此，所以音位的劃分，不必要受到音質單位的限制。有時不同的音質單位，只因爲它們很相近，而且在具體的語言並不起區別理性的意義，我們就可以把它們合爲一個單位。這麼一說，很明顯的，音質單位有時可能是語音的單位，有時可能不是語音的單位，因爲有時一個語音單位可能會包括好幾個音質的單位。但無論如何，音位的區分固以區別理性的意義爲標準，但每一音位間之所以有其差異，還是因爲它們在音質上有差異。除了音質上的差異以外，我們一個音位究竟要包括幾個相近的音素，或根本只有一個音素，這完全是看它們在辨別理性意義上的情況而定的。但是，語言中還存在著另外一些辨別理性意義作用的超音質的聲音特點，也就是說有些音位的區分，在它們相互間的單位之差異不是因爲音質之異，而是其它成分之異；其它成分是什麼呢？是「音長」「音強」「音高」等音質以外的成分，這種辨義的音位，我們稱之爲「超音質音位」（supra-segmental phonemes）。茲分別列述如下：

一、時　位：

因發音時間長短之異來區別理性意義的，也就是用「音長」來辨別詞義的，就叫做音位中的「時位」。如英語「eat」〔iːt〕與「it」〔it〕，德語「staat」〔staːt〕（國家）與「stadt」〔stat〕（城市），廣州話裏的「三」〔sam〕和「心」〔saːm〕都是用音長來辨義的，這我們就稱之爲音位中的「時位」。

二、量　位：

以發音時用力之輕重來區別理性意義的，也就是用「音強」來辨義的，就叫做音位中的「量位」。如前文我們討論「次音位」時所提到的「我吃了」「我吃了」「我吃了」的重音，因爲所在位置之異，整句話在理性意義上就有很大的不同，這就是用音強來辨義而建立辨義單位的，這種辨義單位的「音位」就叫做「量位」。

三、調　位：

以音高所形成的「聲調」來辨別理性的意義，而建立成音位，叫做音位中的「調位」。調位，尤其是音節的聲調所形成的辨義單位，在漢語中是列爲「首音位」的，如標準國語的〔maˉ〕（媽）、〔maˊ〕（麻）、〔maˇ〕（馬）、

〔 ma˅〕（罵）四個聲音的音質完全相同，所不同的只在音高形成的聲調之上，因爲聲調之異也就形成了四個不同的詞義，這種以音高之異來辨別理性意義的音位，我們稱之爲「調位」。

四、調 弧：

語調所形成的語音曲線輪廓叫做「調弧」(Contour)，其實調弧也是因音高而形成的，但它與音節聲調不同，它是在整句的語言中起辨義作用的，也屬於超音質音位的範圍之內的一種。如：

I don't have any | books.　（我沒有書）

I don't have | any books.　（我一本書都沒有）

同樣的一句話，因爲調弧之異，所表達的意義也就不同。調弧在句法上所起的區別語法意義的作用，是我們一般人所熟悉的。在漢語中，調弧所起的句法意義，我們把它列到「次音位」中去，但是它所起的作用也只僅次於用音節聲調而已。

五、音 聯：

音聯 (Juncture) 是現代語言學中的一個新術語，也是屬於超音質音位的範圍，因爲它也能起區別理性意義的作

用。音聯指的是聲音與聲音之間的聯結發音的過渡。如果我們比較一下某些出現在說話開始、說話中間和說話結束的聲音，我們就可以看出某些聲音在這三個不同的地方上，有明顯的不同情況。在間歇之後和在間歇之前，發音的情況有所不同，這一類的現象叫做「開音聯」。從間歇到說話的第一個聲音之間的過渡，或從最後的一個聲音到下一個間歇之間的過渡，稱為「外開音聯」。從一個聲音到另外一個聲音之間的聯續而沒有上述現象的，稱為「閉音聯」。「開音聯」不但可以出現在間歇前後，也可以出現在說話中間，這種開音聯就稱為「內開音聯」。「內開音聯」和「閉音聯」的對立可以起區別意義的作用，例如英語的「a name」和「an aim」；福州話的 [saniŋ]（山人）和 [saŋ——iŋ]（山，人），這完全是靠音聯來區別理性的意義的，這也是超音質音位的一種，只是多數歸納音位的人沒有留意到它的地位罷了。

第三節　音位學

壹、音位學

在本書的第一章討論「分類語音學」時，我們就已提到過「音位學」（Phonemics）這個名詞，在這裏，我們重新不憚煩地提起它，以使這個概念再明顯出來。

　　音位學就是語言學中以語音的分析作爲基礎來研究語言的音位系統的一門學問。音位學是語音學中的一部分，目的在從具體語音的分析出發，而聯系到某一特定語言的各種聲音之出現的各種環境，語音跟語音間的相互關係和相互影響，各個語言區別詞義的功能，也就是從語言的社羣性來研究語音。研究一個語言的語音時，我們必須研究這個語言的音位系統，才能對這語言的語音現象有充分的了解。音位學在研究各種具體語言的語音系統中有著極重要的價值，在給沒有文字的語言編制拼音文字時，價值尤其重要。

貳、音位系統

　　音位系統（The System of phonemes）也稱「語音系統」或簡稱爲「音系」。每種語言（或方言）都有一定數目的音素（元音和輔音），音素之間有一定的組合規則。某種語言（或方言）中經過歸納的所有的「音素」和它們之間的組合規則，就構成這種語言（或方言）的音位系統。任何語言實際具有的音素的數目比歸納出來的數目是多得多的，這些歸納出來的語音單位，實際上就是「音位」。普通我們所談論的某種語言的語音系統，並不是指這種語言的音素系統，往往是指這種語言的音位系統而言的。對於漢藏語系語言和其它有聲調的語言，在描寫、分析或研究它們的音位系統時，在元音和輔音之外，還要加上聲調。描寫和分析漢語的音位系統，按照歷來傳統的習慣，總是從音節的聲母、韻母和聲

調三方面來進行的，因爲「聲調」在漢語中是被列爲「首音位」的地位的，所以研究或分析、歸納漢語的音位系統，就不可忽略它的聲調。

叁、音位論者的見解

一、德·蘇胥爾 (F. de Saussure)：

瑞士的語言學家德·蘇胥爾，著有「普通語言學教程」(Cours de linguistique g'en'erale 1931, Paris.)，他把語音學與音位學對立起來，認爲聲音是屬於個人的言語，不屬於社羣語言，音位才是屬於社羣語言的，因之，他也否認物理性質的語言聲音。他說：「一個詞裏重要的不是聲音本身，而是可以使這個詞跟所有別的詞相區別的一些聲音差異。」又說：「語言符號不是聯系一個事物或一個名稱，而是聯系一個概念和一個聽覺印象。這後者不是物理性的聲音，而是這聲音的心理印象，我們的感覺給我們提供證據的表象。」又說：「（音位）絕不是什麼聲音上的東西，而是一些非實體的東西；不是由物理現象形成的，而只是由那些區別形成的，這些區別使它在聽覺上跟別的東西不同。」所以他的結論是：「語言是一種形式，而不是實體。」因此，我們知道德·蘇胥爾非常重視語言的理性價值，他認爲聲音本身並不重要，而是聲音被社羣用爲交通情意的工具以後所產生的語言理性價值，「音位」便是以區別理性意義爲準而歸納出來的發音

單位，有時一個單位可能包涵好幾個音素，因此，他說語言是一種形式，而不是實體，自是有他的見地的。一般的印象是認爲：德·蘇胥爾是把音位學與語音學對立起來的，後來一些受到他影響的人也都作如此的看法。

二、葉爾姆斯列夫：

葉爾姆斯列夫是德·蘇胥爾的學生，著有「語言學理論概述」，英譯本叫做「Prolegomena to a Theory of Language. 1953.」他是結構主義者的語言學家，他的「表達形式」(Expression-form)的理論，就是濫觴於德·蘇胥爾語言理論而來的，只是加大發揮了他老師的說法而已。葉爾姆斯列夫認爲語言符號是兩個「邊」(sides)，或兩條「線」(Lines)或兩個「面」(planes)之間的功能關係。功能就是兩個「功能項」(Functives) 之間的依賴關係。符號就是被符號的功能聯係在一起的表達和內容這兩個功能項的統一體。連在一起的表達和內容是互爲前提的。不過，他說的「表達」和「內容」，並不是一般人所了解的語音和語義。他認爲語言只是表達的實體 (Expression-Substance)，語義只是內容的實體 (Content-Substance)，而語言符號則是表達形式(Expression-form) 和內容形式 (Content-form) 的結合物。他的看法是：沒有語言符號的時候，語音和語義都只是「一團糟」的「羣」，它們是兩個未成形的「混沌」，語音符號的表達形式和內容形式的結合可以改造這兩個未成形的「混沌」，把它們構成

實體，也就是說，把它們構成成形的聲音和成形的語義。他認為各種不同的語言所以有不同的結構，是因為它們有不同的表達形式和內容形式這兩個功能項的不同結合。形式是主要的，實體是「非語言學的對象」。語言是形式，不是實體，因此，語言學所要研究的，重點不在語音和語義，而是聲音形式（即表達形式）和語義形式（即內容形式），而這種形式則是彼此互為前提的功能項之間的相互依賴的功能關係。

這麼一來，葉爾姆斯列夫就比較不重視聲音的物理性，它認為純物理性的聲音是「非語言的東西」，而把「語音歸類」的「音位」看成「非實體的形式」，他認為「音素」的分析並不太重要，因為音素必須依賴音位的歸納，使它成為聲音形式（即表達形式）以後，才產生它的社羣價值，這正是對德・蘇胥爾的「語言是一種形式，而不是實體」的理論之發揚光大。因為語音到了歸納成音位以後，的確是形式的價值高於實體了。

三、布侖費爾德(L. Bloomfield)：

布侖費爾德著有「語言科學的一組公設」（A set of postulates for the science of Language. 1926.）及「語言論」（Language. London, 1935.）等書。是美國描寫語言學派結構主義者的倡導人。他對音位所下的定義是：「聲音特徵上最小的雷同叫做音位，或區別音」。他認為：「音位」

是顯示意義區別的聲音之特徵的最小單位。一種語言的音位
不在聲音本身，而在說話人於實際語言中能發出可以懂的聲
音之特徵。他把語言聲音的研究分爲三種方法：第一是「語
音學」，指狹義的語音學，亦卽實驗語音學。第二是「實用
語音學」。第三是「音位學」。不過他的音位學這個名稱往
往是放在和兩種語音學對立的地位，音位學對音響特性是不
太重視的，只承認它們爲區別語義的單位，而按每一個音位
在言語形式的構造中所起的作用而對它下定義。這也是比較
重視語言聲音的社羣性的一種理論。

四、特魯別茨可伊：

特魯別茨可伊著有「音位學原理」(Grundzüge der pho-
nologie. 1960.)，他的音位理論是德·蘇胥爾的音位理論之
發揮者。他強調要把語音學分爲兩個部分，第一是言語語音
學（或語音學），是屬於自然科學之類的，它專管人類言語
的聲音，跟音位學是相對的。第二是語言語音學（或音
位學），是研究人類語言聲音方面的觀念的。他對音位所做
的解釋是：「語言中不能再分解爲更小的單位的這種音韻的
單位，我們稱之爲音位；所以音位就是語言中最小的音韻單
位。」他又說：「音位學應該研究在一個語言裏怎樣的聲音
區別是跟辨義有關的，這些區別的因素（或特徵）是怎樣互
相對待、並且是按什麼規則配合在詞（或句）裏的。」我們
可以看得出來，特魯別茨可伊的音位理論也是特別強調各語

音單位間區別理性意義這一點的。

五、瓊　斯(D. Jones)：

　　瓊斯以「物理學家」著稱，著作很多，有「英語語音學綱要」(An outline of English phonetics. Cambridge, 1936.)，「音位的性質和應用」(phoneme : Its Nature and Use. Cambridge, 1950.) 等書，是英國有名的語言學家。他在「英語語音學綱要」中說：「音位是一簇聲音，其中包括語言中的一個重要的聲音（那也就是說，包含有一個語言中最常用的音素），和在特殊語言環境中所出現的另外有關的一些聲音。」他又說：「語言中區別的要素，即用來區別一個詞和另外一個詞的要素就是音位。」後來他著作了「音位的性質和應用」，就給音位下了個定義，他說：「一個語言裏性質相關的一簇聲音，其中沒有一個分子在一個詞裏出現是在跟另外一個分子相同的語音環境之下。」他很重視音位的物理特點，他主張只要在地位上有物理特點（即聽覺上的特點）的可能同時出現的聲音，就是不同音位的聲音。但麥克大衞 (R. I. Mc David) 在他的「評音位的性質和應用」(Review of the phoneme, by Daniel Jones. 1952.)一文中評論瓊斯的「音位論」時說瓊斯對音位的理解和美國描寫語言學派結構主義者們的理論很相似。

六、布洛哈(B. Bloch)、特立志(G. L. Trager)和施密斯

　　(H. L. Smith)：

　　布洛哈和特立志合著有「語言分析綱要」(Outline of Linguistic Analysis. 1942)，特立志和施密斯也合著有「英語結構綱要」(An Outline of English Structure. 1951.)，他們這幾位都是美國的描寫語言學派的語言學家，布氏和特氏在「語言分析綱要」中對音位所下的定義是：「音位是一羣在語音上相近似的聲音的歸類，這些聲音的歸類和語言中所有其它的聲音的歸類，彼此之間互相對立，互相排斥。」特氏和施氏在他們的「英語結構綱要」中說：「劃分同一個音位的音位變體的標準可以概括於下：這些聲音必需在語音上相似，它們必需是處在補充分配的關係之中，它們和其它聲音歸類相比，必須顯示出一種類型上的連貫性。」以機械主義語言學家布侖費爾德為首的美國描寫語言學派結構主義者們的理論，與「物理學派」瓊斯的語言理論的特點相似，這本是可能的，因為他們之間某些見解是相同的。不過，描寫語言派並不十分重視聲音的物理特點，他們只重視聲音在區別理性意義的特徵一方面，因為語言的聲音，主要是看聲音在語言中所顯示的區別詞義的功能。

七、鮑杜安•德•庫爾特內、克魯謝夫斯基和謝爾巴

這是俄羅斯語言學派的三位語言學家，克氏和謝氏都是
鮑氏的學生，鮑氏著有「語言學導論」（1903,俄文本），
克氏著有「印歐語元音方向的新發現」（1880,俄文本），
謝氏著有「法語語音學」（1953,俄文本）。鮑氏實際是波
蘭的一位語言學家，他在俄羅斯講學，在其所著「十四世紀
以前的古波蘭語」一文中提出聲音的物理性質，跟它在人的
感覺上或語言機構中的作用可能不相一致的見解。而且他建
議把語音學分爲兩部分：卽「體質語音學」（Physi-phone-
tics）和「心理語音學」（Psycho-phonetics），前者著重於
語音在器官生理學和音響物理學上的特點，後者著重其功能
上的特點，但不主張把這兩個部門割裂開來，而認爲語音學
的研究對象應包括所有的語音事實，無論是體質語音學的和
心理語音學的事實。他之所以會提出這樣的見解，是因爲他
看到了語言的系統性，認爲語言現象不應當只從它的歷史變
化來加以研究，還應當從某一發展階段中的語言現象的相互
關係來加以研究。又因爲他看到了語言的社羣性，認爲應該
從語言的交際職能來研究語音。因此到十九世紀的七十年代，
他的學生克魯謝夫斯基體會老師的用意，提出了「音位」這
個概念，並對音位這個概念解釋說：「我們心理上經常存在
的語音觀念，卽發音活動和由它而得來的觀念同時組成的總
體觀念，叫做『音位』。」鮑氏的另一學生謝爾巴也進一步地
發揮了他老師的音位理論說：「在活的口語裏說出各種不同
的聲音的數目，比我們所想像的要多得多，這些不同的聲音，

在每一個語言裏結合成為數較少、且能分辨詞和詞形的聲音類型，來為人類的交際服務。我們談到語言的不同的聲音的時候，意思就是指的這些聲音類型，我們稱它們為音位。至於真正的發出各種不同的聲音，它們是體現於音位中的一些成分，我們可稱之為『音品』。」這一派人主張音位是辨別詞和詞型的依據，同時也注意到語音的交際功能，這也就是很接近現代語言學家的音位觀念的一種說法。

肆、音位標音法

　　一個音位既然在某些情形之下可能包涵好幾個不同的音素，而每個音素都自有它們自己的特性，自有它們自己的音值，則標音的時候選擇音標往往是一件相當麻煩的事，但是，既然是用音位來標音，也可以不必太顧慮實際的音值，只求方便就可以了。例如我們標準國語中的〔ɭ〕〔ɿ〕〔ɚ〕三個音，它們都是互相排斥、互相補充，音質也相當相近的，因此我們為了減少單位，易於記憶起見，就用一個〔ï〕來代替三個不同的音，反正你會知道〔tʂï〕裏面的〔ï〕一定唸〔ɭ〕，〔tsï〕裏面的〔ï〕一定唸〔ɿ〕，單獨的〔ï〕一定唸〔ɚ〕。又如英語「teller」〔tʼelə〕，「milk」〔miɫk〕二字的〔l〕，前者一定唸〔l〕，後者一定唸〔ɫ〕，但為記憶方便起見，為印刷排版、打字方便起見，我們標音時也只共用一個〔l〕。甚而至於　，某一字的元音明明應該標〔ɛ〕，但為印刷排版及打字方便起見，有時改用易於打字和

排版的［e］，當然如果不是音值，你標音時就該用／e／，
用兩道斜槓是表示音位標音，而不是音值標音，這麼一來，
人家也就無法挑你的毛病了。又如美國英語中的「hot」，按
美國音來說，中間的那個「o」是應該唸［ɑ］的，但是有時
爲打字和排版選字母方便起見，也就有人用／a／的了。

伍、對音位的客觀態度

　　凡是研究語言音位的人，因爲他自己本身有自己的母
語，受母語音位的影響極深，甚至受母語音位的束縛，往往
態度不能十分地客觀，就會影響到他所要研究的語言音位的
正確性。美國的布侖費爾德（Leonard Bloomfield）他主張你
如果要研究音位，你只能單純地注重對聲音的分析，專門注
重聲音在某語言裏的分佈跟異同。至於聲音的本身，因爲研
究者本身有自己的母語，受到不同的教育，到過許多的地方，
根本無法客觀，也沒有客觀的標準，所以就只好由它去了。
但在英國的傳統，如瓊斯（Daniel Jones）這個傳統，他就主
張把一個人慢慢地訓練，讓他慢慢地脫離主觀，而終於會客
觀起來。事實上任何經過訓練的客觀學者，他還是免不了受
自己母語的影響的，這一點小小的影響其實並不礙事，因爲
我們研究音位主要的是要掌握整個語言的聲音之系統，看它
的聲音之分布和異同，如何能夠有明確的辨義界限。只要學
者本身對一般語音學有精密的知識，有豐富的經驗，有高度
的分析能力，對音位的研究，自然也就有良好的效果了。

第八章　音　變

第一節　音變的一般特性

一般的音變，都有它們共通的特性，第一是音變有一定的趨勢，第二是音變有一定的過程，第三是音變有一定的規律。茲分別說明如下：

壹、音變的趨勢

語音的演變，一定要有使它發生變化的環境，這個使它發生變化的環境，我們也稱之為「變化條件」。一般的情形是：發生語音變化的條件都產生在發音部位的轉移。但是發音部位為什麼會轉移呢？簡便的說，就是這一時期的說話人的習慣改了。為什麼會改變習慣呢？有些是某些發音因有主觀上的困難，為偷懶起見，一致的趨向都向簡易這個方向去變。有些發音因為口耳相傳，下一代的學習者聽受得不夠眞確，而起了不同的變化；有些民族大遷徙到新的地理環境，新環境中可能是多風，終日有響聲擾亂說話，可能是終年浪潮聲擾亂說話的聲音，大自然的聲響旣終年不絕，則傳授上的失眞就可能發生。有些是說話風氣趨向於某種無意義的時髦，

如某一大明星喜歡說些［tsi］［tsʻi］［si］之類的尖音字，於是好之者也就跟着都學上這種發音，久而久之把［tɕi］［tɕʻi］［ɕi］改變成［tsi］［tsʻi］［si］，而這種愛好時髦也就成爲一種大衆的趨勢了。

　音變的趨勢之產生是有條件的，但有了趨勢之後，這就成了自然的現象了，於是許多音變都朝向同一的目標去走，終於脫不了這趨勢的影響。當然，這種趨勢是一步一步地發展出來的，它的實現可能有遲有早，所以不同的地區，如果條件不同，其所產生的演變之可能與否，產生演變的遲早都是不完全相同的。但語音之有變化，是不辯的事實。如「思、之、玆、詩、衣、西、基、離」諸字，在宋代時都具有共同的［i］元音，它們都是可以押韻的，可是到了現代的標準國語中，「衣、西、基、離」的元音依然如故，而「思、之、玆、詩」的元音却變作［ɿ］（相當於［ɿ］或［ʅ］兩元音）了。又如元代以及元代以前，有一段很長的時間，有一個雙脣鼻音的韻尾［－m］，與舌尖鼻音［－n］的韻尾是截然分開的，可是到清代以後，在北方的官話裏［－m］却一律變成了［－n］。至於聲調方面的古今之異，更是複雜。這些之有其古今的不同處，是我們經比較而得的結果，我們在比較研究的過程中，發覺所有的音變都有相當的原因和條件，而所變的也有着一定的趨勢，而不是雜亂而無頭緒的。如漢語輔音的顎化，都是舌尖音或舌根音受舌面前高元音的影響而變的，這是變化的條件；它們都變成了舌面音或近於舌面音

的音，這是趨勢。

貳、音變的過程

　　語音的演變既有一定的條件和一定的趨勢，同時還有一定的過程。所謂過程是指兩個不同時代的語音狀態，在它們演變的過程中，到了某一階段，失去某一部分音質上的特點，到了某一階段又增加了某一音質上的特點，它是一步一步慢慢地演變的，不是突如其來的驟然改變的。例如我們漢語在古代的入聲收尾是有〔－p〕〔－t〕〔－k〕的塞音韻尾的，甚而至於有人還相信早期的塞音韻尾是由音首的成阻，一直延續到音尾的除阻爲止，是要完成它們的破裂的。可是現代的南方方言中的入聲韻尾，如廣州話中的〔－p〕〔－t〕〔－k〕都只到成阻期爲止，是有閉塞而不破裂的。福州方言則把不破的〔－p〕〔－t〕〔－k〕合併成一個不破的〔－k〕，到了吳語方言則只剩了一個喉塞音〔－ʔ〕了，到了北方官話，則乾脆連喉塞音〔－ʔ〕也消失掉了。這可說明漢語入聲韻尾的消失過程是：第一步，由「破裂」的〔－p〕〔－t〕〔－k〕先變成不破的〔－p〕〔－t〕〔－k〕。第二步，由「不破」的〔－p〕〔－t〕〔－k〕再變爲唯一「不破」的〔－k〕。第三步，由「不破」的〔－k〕變爲喉塞音〔－ʔ〕。第四步，〔－ʔ〕韻尾消失。

$$
\begin{array}{c}
\text{破}\\
\text{裂}\\
\text{的}
\end{array}
\left[\begin{array}{l}
-p\\
-t\\
-k
\end{array}\right]
\rightarrow
\left[\begin{array}{l}
-p\\
-t\\
-k
\end{array}\right]
\begin{array}{c}
\text{不}\\
\text{破}\\
\text{的}
\end{array}
\rightarrow
(\text{不破的})[-k] \rightarrow [-ʔ] \rightarrow \bigcirc
$$

又如，前人有所謂「陰陽對轉」的，也指的是一種古今音變的現象，它們演變的過程也是有一定的途徑的。依據一般研究漢語的學者的看法，凡由陽聲韻變爲陰聲韻，如果是〔－ŋ〕和〔－m〕韻尾的話，〔－ŋ〕〔－m〕一定要先變成〔－n〕韻尾之後，再消失了鼻音韻尾而成爲陰聲韻，換言之，只有〔－n〕韻尾才會消失而成爲陰聲韻。如隋代的「兼」唸作〔kiem〕，北方官話的現代音是〔tɕiɛn〕，吳語方言唸〔tɕiɛ〕。它們之間的變化過程是：

$$\text{〔kiem〕} \rightarrow \text{〔tɕiɛn〕} \rightarrow \text{〔tɕiɛ〕}$$

至於元音方面，則須由不相近的元音，變成相近的元音之後，再開始消失鼻音的韻尾而成陰聲韻。如隋代的「慢」唸作〔man〕，現代的北方官話唸〔mɐn〕，吳語唸作〔mɛ〕。它們之間的變化過程是：

$$\text{〔man〕} \rightarrow \text{〔mɐn〕} \rightarrow \text{〔mɛ〕}$$

這種演變都是有一定的程序的，並不是突然一步跳過去的，如〔kiɛm〕不可能突然跳到〔tɕiɛ〕，〔man〕也不會突然跳到〔mɛ〕，而是一步一步慢慢地演變出來的。

叁、音變的規律

所謂音變的「規律」，是指在音變的過程中，甲音之變爲乙音，自始到終它是受着某些條件「限制」着的，這些嚴格的限制，就形成了音變的規律，也就是使語音的演變趨於規則化。語音演變的規則，因爲條件的限制，所以它是絕對

性的，除非中途發生障礙，語音的演變總是循着規律而絕無例外的，卽使有例外，也一定要有一個特殊的緣故。

因爲演變的環境而使語音向一定的趨向演變，走向一定的目標。如果事後又有其它原因，或來自外語的影響，也可能會使語音變回原來的面目。如：

$$[\text{kiɛm}] \rightarrow [\text{tɕiɛn}] \rightarrow [\text{tɕiɐ}] \rightarrow [\text{tɕie}]$$

也可變回來而成爲：

$$[\text{tɕie}] \rightarrow [\text{tɕiɐ}] \rightarrow [\text{tɕiɛn}] \rightarrow [\text{kiɛm}]$$

這種往復的變化，在我們漢語裏很早就被發現了，前人所說的「陰陽對轉」，就是指有規律、有條件的由陰聲韻變爲陽聲韻，由陽聲韻變爲陰聲韻。

音變是和整個的語音體系相配合，而不是個別隔離的。語言的演變往往只發生在某種發音部位或方法上，不是發生在某一個音上。如 [t] 可以變成 [d]，是說明了同部位的清音可以變成同部位的濁音，則一切同部位的清音都可能變成濁音，如 [p] 也可變成 [b]、[k] 也可變成 [g]，並非只有 [t] 可以變成 [d] 而已。

在漢語中語音演變最常見的規律是：

一、同發音部位的濁音變爲清音：如「平」[biŋ]→[p'iŋ]，「停」[diŋ]→[t'iŋ]，「共」[guŋ]→[kuŋ]。

二、雙脣音變脣齒音：如「方」[paŋ]→[faŋ]，「敷」[p'u]→[fu] 等是。

三、舌尖或舌根的塞音、塞擦音、擦音顎化爲舌面音：如

「見」〔kiɛn〕→〔tɕiɛn〕，「精」〔tsiŋ〕→〔tɕiŋ〕，
「希」〔xi〕→〔ɕiə〕，「西」〔si〕→〔ɕiə〕。

四、舌尖輔音之後的元音〔i〕變〔ï〕：如宋代「之、詩、
思、茲」的韻母〔—i〕都變成現代北方官話中的舌尖元
音〔ï〕（相當於〔ɿ〕和〔ʅ〕兩個元音）。

五、元音之後的〔—m〕變〔—n〕：〔m〕變〔n〕的現象只
限於韻尾，聲母的〔m〕不變。

六、聲調變化的規律：古代清聲母的平聲字變爲現代標準國
語，一律都變成〔ㄱ〕，濁聲母的平聲字變爲國語都一律
變爲〔ㄱ〕，其它上去入的古代聲調也都有一定的規律而
演變爲現代聲調的。

以上只是簡略地舉出幾條例證，說明語音演變是受演變
的條件限制着的，這限制着的條件就形成了語音演變途程中
不可改移的規律。

第二節　同化作用、異化作用與換位作用

壹、同化作用 (assimilation)

同化作用就是兩個不相同或不相似的音在一起唸的時候，
其中一個音由於受另一個音的影響，而變成相同的或相似的
音的情形。例如清濁音的相互影響，發音部位的影響，發音
方法的影響，輔音、元音的相互影響等。這種影響是語音變

化中最常見的現象之一。其所以有這種變化，是因爲兩個不相同或不相似的音連唸時，要發音人馬上改變發音部位或發音方法來不及或有了困難，爲了發音方便起見，就只好把不同的音唸成相同或相近的音，因此也就產生了語音的同化作用。

一、全部同化：

　　就是兩個不相同或不相似的音在一起唸時，變成了完全相同的音，如：

　　國語的「難免」〔nan〕〔miɛn〕→〔nam〕〔miɛn〕

　　國語的「聯綿」〔liɛn〕〔miɛn〕→〔liɛm〕〔miɛn〕

　　國語的「顏面」〔jɛn〕〔miɛn〕→〔jɛm〕〔miɛn〕

這三個例子可以說都是同一類型的音節連接變化，前一字的韻尾〔－n〕因爲受了後一字的聲母〔m－〕的影響也變成了〔－m〕，這叫「全部同化」。

二、部分同化：

　　就是兩個不同的音在一起唸時，變成了近似（但不完全相同）的音，如：

　　國語的「金榜」〔tɕin〕〔paŋ〕→〔tɕim〕〔paŋ〕

　　國語的「棉布」〔miɛn〕〔pu〕→〔miɛm〕〔pu〕

　　國語的「煎包」〔tɕiɛn〕〔pau〕→〔tɕiɛm〕〔pau〕

這三個例子也都是同一類型的音節連接變化，前一字的韻尾

〔－n〕因爲受了後一字的聲母〔p－〕的影響，變成跟〔p－〕發音部位相同的〔－m〕，發音部位雖相同，但發音方法却不相同，受同化的情形只是一部分，而不是全部受同化，因此我們稱這種同化爲「部分同化」。

三、前向同化：

　　前向同化又稱「順同化」，就是在後的輔音受前面輔音的同化，以漢語來說，就是前一音節的韻尾輔音同化了後一音節的聲母輔音，如：

　　　　福州話「棉袍」〔mieŋ〕〔pɔ〕→〔mieŋ〕〔mɔ〕

　　　　福州話「鋼筆」〔kouŋ〕〔peik〕→〔kouŋ〕〔meik〕

　　　　福州話「扁食」〔pieŋ〕〔sik〕→〔pieŋ〕〔nik〕

這是後一個字的聲母受前一字的韻尾鼻音之影響，發音方法受同化，也都變成了鼻音的聲母。這種後輔音受前輔音影響的同化，我們稱之爲「前向同化」或「順同化」。

四、後向同化：

　　後向同化又稱「逆同化」，就是在前的輔音受後面輔音的同化，其同化的方式與「前向同化」剛好相反，如前述的「難免」「金榜」等都是「後向同化」亦稱「逆同化」。

五、近接同化：

　　所謂「近接同化」，就是指兩個接連在一起的音素，連

唸時所產生的同化作用，如前面所舉的「金榜」「難免」「棉袍」等，無論是「前向同化」「後向同化」「全部同化」「部分同化」，只要是受影響的音素與影響別人的音素是連接在一起而中間無其它間隔的，就叫做「近接的同化」。

六、遠接同化：

所謂「遠接同化」，就是指兩個起變化關係的音素之間，還有其它的音素把它們隔開，例如浙江寧海一帶把「衣櫥」〔i〕〔dzʮ〕唸成〔y〕〔dzʮ〕，〔i〕因為受了〔-ʮ〕的圓唇影響而變為〔y〕，但中間卻有〔dz〕隔開，這叫做「遠接的同化作用」。

貳、異化作用 (Dissimilation)

異化作用就是兩個相同或相似的音在一起唸的時候，由於互相影響，重複而不便，於是其中的一個音就變得和另一個音不相同或不相似的情形，這是相當常見的語音變化現象，這種變化現象我們稱之為「異化作用」。

一、前向異化：

前向異化的作用又稱「順異化作用」，就是前一個音使後一個音起變化，也就是後一個音被前一個音的影響而起變化，如中古漢語中的〔-m〕〔-p〕韻尾在廣州話裡大體都還保留下來，但中古收〔-m〕韻尾的「凡」「犯」，現代

的廣州話都變成［－n］韻尾，而唸作［fan］了；同樣的，在中古漢語中收［－p］的「法」，現代廣州話也唸作［fat］了。［－m］之變爲［－n］是受前面同部位的［f－］的影響而起異化作用；［－p］之變爲［－t］也是受前面同部位的［f－］之影響而起異化作用的。

二、後向異化：

後向異化的作用又稱「逆異化作用」，是指後一個音使前一個音起變化，也就是前一個音受後一個音的影響而發生變化的異化作用。我們的標準國語聲調中的「上聲調」可以舉出一個典型的「逆異化」例子，那就是當兩個上聲字連接在一起的時候，它們那本來是屬於「曲折調」（降升調）的前一音節，却因受後一音節「曲折調」的影響而變爲「高升調」了，如：

「米粉」［miˇ］［fənˇ］→［miˊ］［fənˇ］

「總統」［tsuŋˇ］［tʼuŋˇ］→［tsuŋˊ］［tʼuŋˇ］

這種前一字受後一字的影響而產生的「異化作用」，我們就稱之爲「後向異化」或「逆異化」。

三、近接異化：

所謂「近接的異化作用」就是連接在一起的相同或相近的音素，前一音素影響後一音素使它起異化，或後一音素影響前一音素使它起異化的作用，如英語中的「what」［hwat］，

是由十四世紀的西挪威語和十五世紀的東挪威語「kvat」異化來的，因爲「k」「V」是兩個輔音，兩個輔音緊接在一起，其中的一個輔音就會有異化爲元音或半元音的現象發生，這由〔kv〕→〔hw〕的現象，就是「近接的異化作用」的現象。

四、遠接異化：

所謂「遠接的異化作用」就是指兩個發生異化作用的音素之間，還隔離着其它的音素；換言之，就是兩個音素中間被別的音素隔開，不是直接連在一起的，如我們前面所舉的異化例子〔fam〕→〔fan〕，〔fap〕→〔fat〕，使〔－m〕〔－p〕發生異化作用的〔f－〕之後還隔了一個〔a〕元音，這被隔開而發生的異化作用，我們就稱之爲「遠接的異化作用」。

叁、換位作用(Metathesis)

換位作用，就是兩個音素的前後位置之互換。其所以有這種語音上的變化，就是爲了避免使兩個相近的音太接近，使音的結構更爲合適，使發音更合於習慣。凡是這種音素互換的語音變化現象，我們就稱之爲「換位作用」。

一、近接換位：

相接的兩個音素，它們之間沒有任何其它的音素隔開的，

它們互相交換位置,以求更適合於發音習慣或氣程之次序者,稱之爲「近接的換位作用」。如古愛爾蘭語中的「 bibdu 」（罪人）變成了中古愛爾蘭語的「 bidba 」（仇人）；「 lubgort 」（花園）變成了「 lugbort 」；前者是「 b 」「 d 」互換而成「 d 」「 b 」,後者是「 b 」「 g 」互換而成「 g 」「 b 」,這就是「近接的換位作用」。

二、遠接換位:

換位的兩個音素中間還有其它的音素把它們隔開的,這種換位的語音變化現象,我們稱之爲「遠接的換位作用」。如江西臨川的「蜈蚣蟲」,分開單讀時的音是[ŋu]、[kuŋ]、[t'uŋ],但連讀時却讀成了「ŋuŋ ku t'uŋ」,[ŋu] 中的 [u] 和 [kuŋ] 中的 [uŋ] 互相換位,這是爲了要使[k-uŋ] [t'uŋ] 中的兩個 [uŋ] 遠離一些,唸起來順口一些。這種換位作用就叫做「遠接的換位作用」。

第三節　連音變化

因爲我們說話不是發單獨的音,而是說整句的話或成羣的詞,把許多音節連接在一起,於是被連接到語句或詞羣當中去的音節,就會產生出語音的變化。這種變化法「法國話」稱之爲「 liaison 」,英語也採用了「 liaison 」這個字,意思就是「連音」,因此我們稱之爲「連音變化」。

　　凡是詞根和附加成分的聯合，或是複合詞的組織，或是短語的結構，或是句子的組合。每一個成分都有它的語意，兩個或兩個以上的成分結合在一起，音與音之間就發生了接觸，而這接觸當中就起了語音的變化，所以這種音變叫做「連音變化」。特別要說明的一點是：這種變化並不牽涉歷史的音變，而是語音體系中各成分互相結合的時候所產生的現實音變現象。

壹、清音濁化 (voiced)

　　清音濁化，又稱「氣音聲化」，「氣音」是無聲的，如清擦音、清塞音等是，「聲化」是無聲輔音變成了有聲輔音。這種音變就是清音受了鄰近的元音或濁音（響音）的影響而被同化爲濁音的現象。例如標準國語中的「毛筆」〔mau pi〕、「目的」〔mu ti〕、「西瓜」〔ɕi kua〕這三個詞中的〔p〕〔t〕〔k〕，在快讀時因受了它前後元音的同化，結果就變成了濁音。在國際音標中是用〔ˇ〕這個符號加在音標的下面，以表示清音的濁音化，因此，「毛筆」、「目的」、「西瓜」在快讀時的音就應該標成〔mau pi̬〕、〔mu ţi̬〕、〔ɕi ḳṷa〕，有時爲了打字或印刷排版方便起見，就乾脆標成〔mau bi〕、〔mu di〕、〔ɕi gua〕。

　　另外，清音也可因鄰近有聲輔音的影響而被同化爲濁音，如英語〔friends〕「bags」「combs」「sums」「sons」等字後面的「S」都因受了濁輔音「d」「g」「b」「m」

〔n〕的影響而變成濁化音了。在連音方面，若前一個詞尾是一個濁輔音，而連接上去的後一個詞的詞首是一個清輔音的話，則這個清輔音往往是會受影響而濁化了的，這就用不着舉例說明了。

貳、濁音清化（voiceless）

濁音清化，又稱「聲音氣化」，「聲音」是指「有聲輔音」，「氣化」是指由有聲的濁音變化爲清音了，因爲清輔音完全是靠氣流發音的，而是無聲的，所以我們就稱「濁音清化」爲「聲音氣化」。這種語音變化是指有聲輔音（濁音）由於受鄰近音素的影響或因自身的特殊發展，而變爲無聲輔音（清音）的現象而言的。如英語裡頭「play」〔plei〕一詞中的〔l〕，因受它前面的清音〔p〕的影響，而被同化爲無聲的〔l〕；又〔try〕〔trai〕一詞中的〔r〕，也因爲受它前面的清音〔t〕的影響，而被同化爲無聲的〔r〕。國際音標對清化輔音的標注用〔。〕號，即把〔。〕號標在清化音的音標之下，如〔l̥〕〔r̥〕是。在連音方面，兩個詞的首尾相接，若前一詞的詞尾是清輔音，後一詞的詞首是濁輔音，如果快讀時，則後一詞的詞首就往往會受到影響而被同化爲清化音的。

連音變化本是不談歷史音變的，但有時從歷史觀點來看，由濁音變成清音的例子却非常之多，漢語中古許多濁聲母字，如「並、奉、定、羣、從、澄、崇、船、匣」等的字，到現

代的標準國語，統統都變成清聲母字，這也可以說是清化音
的一種，但從現代標準國語的實際語音描寫來說，自然這些
字都是清聲母字，也就談不上濁音清化了。而且這不是連音
的變化，是不必在此詳加討論的。

叁、常見的漢語連音變化

一、音節相連的音質變化：

　　凡是音節相連，而發生同化作用，無論是前向同化或後
向同化，近接同化或遠接同化，而使音質發生變化的，這也
是一種「連音變化」的類型，我們前面所說的國語中如：

　　「金筆」［tɕin］［pi］→［tɕim］［pi］

　　「金榜」［tɕin］［paŋ］→［tɕim］［paŋ］

　　「難免」［nan］［miɛn］→［nam］［miɛn］

福州話如：

　　「棉袍」［mieŋ］［pɔ］→［mieŋ］［mɔ］

　　「鋼筆」［kouŋ］［peik］→［kouŋ］［meik］

　　「扁食」［pieŋ］［sik］→［pieŋ］［nik］

浙江寧海話如：

　　「衣樹」［i］［dzʮ］→［y］［dzʮ］

以上各例，都是屬於音節相連，其中某些音質已起變化的連
音變化。

二、嘆詞「啊」的連音變化

1.　「啊」〔a〕之前是〔－i〕元音收尾的詞的話，這
　　個〔a〕就變成了〔ja〕，　例如「好東西啊」〔x-
　　au〕〔tuŋ〕〔ɕi〕〔ja〕，「你來啊」〔ni〕〔lai〕
　　〔ja〕，「別催啊」〔pie〕〔tsʻuei〕〔ja〕等是。

2.　「啊」〔a〕之前是〔－y〕元音收尾的詞的話，這
　　個〔a〕也變成了〔ja〕，例如「好大的雨啊」
　　〔xau〕〔ta〕〔tə〕〔y〕〔ja〕是。

3.　「啊」〔a〕之前是〔－u〕元音收尾的詞的話，這
　　個〔a〕就變成了〔wa〕，例如「苦啊」〔kʻu〕
　　〔wa〕，「不得了啊」〔pu〕〔tɤ〕〔liau〕〔wa〕
　　等是。

4.　「啊」〔a〕之前是〔－n〕鼻音收尾的詞的話，這
　　個〔a〕就變成了〔na〕，而原詞尾的〔－n〕　並
　　未消失。例如「天啊」〔tʻiɛn〕〔na〕，「難辦啊」
　　〔nan〕〔pan〕〔na〕等是。

5.　「啊」〔a〕之前是〔－ŋ〕鼻音收尾的詞的話，這
　　個〔a〕就變成了〔ŋa〕，而原詞的〔－ŋ〕尾並未
　　消失。例如「真亮啊」〔tʂən〕〔liaŋ〕〔ŋa〕，
　　「不成啊」〔pu〕〔tʂʻəŋ〕〔ŋa〕等是。

6.　「啊」〔a〕之前是〔－ɿ〕元音收尾的詞的話，這
　　個〔a〕就變成了〔za〕。例如「事要三思啊」

〔ʂ〕〔jau〕〔san〕〔sʅ〕〔za〕，「不像個字啊」
〔pu〕〔ɕiaŋ〕〔kɤ〕〔tsʅ〕〔za〕等是。

7. 　「啊」〔a〕之前是〔-ʅ〕元音收尾的詞的話，這
　　個〔a〕就變成了〔ʐa〕。例如「不止啊」〔pu〕
　　〔tʂʅ〕〔ʐa〕，「事實啊」〔ʂʅ〕〔ʂʅ〕〔ʐa〕等是。

8. 　「啊」〔a〕之前是〔-a〕〔-o〕〔-ɤ〕〔-e〕
　　元音收尾的詞的話，這些〔a〕統統都可以變成〔j-
　　a〕，但不變而仍保持原來的〔a〕也可以。

三、「兒」化詞的連音變化：

　　所謂「兒化」，就是漢語北方官話中的一種詞尾美化作
用，在文字上「花兒」「鳥兒」都是分開來寫成兩個字的，
但在語音的表現上，却是兩字合為一個音節，不可分開來唸
的；「花兒」「鳥兒」應該是詞根「花」〔xua〕、「鳥」〔n-
iau〕加詞尾〔-ɹ〕構成的單音節，與杭州話的那種〔xua〕
〔ɚ〕、〔niau〕〔ɚ〕分成兩個音節來唸的情況完全不同。
〔ɹ〕尾對於詞根的影響，是使若干韻母起了一些與原詞尾
不相同的變化。

1. 　〔-ʅ〕〔-ɿ〕詞尾後面加了〔-ɹ〕詞尾之後，原
　　來的〔ʅ〕　〔ɿ〕就變成了〔-əɹ〕。例如：
　　「字兒」〔tsʅ〕〔ɚ〕→〔tsəɹ〕
　　「紙兒」〔tʂʅ〕〔ɚ〕→〔tʂəɹ〕

2. 　〔-i〕詞尾後面加了〔-ɹ〕　詞尾之後，原來的〔-

　　　　i〕詞尾就消失了；但以〔－i〕為主要元音兼詞尾

　　　　的情形，〔－i〕不會消失。如：

　　　　「牌兒」〔 p'ai 〕〔 ɚ 〕→〔 p'aɹ 〕

　　　　「帥兒」〔 ʂuai 〕〔 ɚ 〕→〔 ʂuaɹ 〕

　　　　「杯兒」〔 pei 〕〔 ɚ 〕→〔 peɹ 〕

　　　　「雞兒」〔 tɕi 〕〔 ɚ 〕→〔 tɕiɹ 〕

3.　　〔－n〕詞尾後面加了〔－ɹ〕詞尾之後，〔－n〕尾

　　　　消失，只剩下了單純的〔－ɹ〕輔音詞尾。如：

　　　　「今兒」〔 tɕin 〕〔 ɚ 〕→〔 tɕiɹ 〕

　　　　「碗兒」〔 wan 〕〔 ɚ 〕→〔 waɹ 〕

　　　　「雲兒」〔 yn 〕〔 ɚ 〕→〔 yɹ 〕

4.　　〔－ŋ〕詞尾後面加了〔－ɹ〕詞尾之後，〔－ŋ〕尾

　　　　消失，但音節中的主要元音成了鼻化元音。如：

　　　　「凳兒」〔 təŋ 〕〔 ɚ 〕→〔 tə̃ɹ 〕

　　　　「空兒」〔 k'uŋ 〕〔 ɚ 〕→〔 k'ũɹ 〕

　　　　「樣兒」〔 jaŋ 〕〔 ɚ 〕→〔 jãɹ 〕

　　　　「名兒」〔 miŋ 〕〔 ɚ 〕→〔 mĩɹ 〕

5.　　〔－u〕〔－y〕〔－a〕〔－ɤ〕〔－e〕〔－o〕詞尾

　　　　後面加了〔－ɹ〕詞尾之後，不起什麼變化，因此，

　　　　「兒化」以後的某些詞，原本的讀音是不同的，後

　　　　來倒完全相同了。如：

　　　　「雞兒」「今兒」都是〔 tɕiɹ 〕

　　　　「牌兒」「盤兒」「耙兒」都是〔 p'aɹ 〕

「鼊兒」「邊兒」都是〔piеɹ〕

四、因連音而成合音的語音變化：

北平話中有某些字因爲快速的連音而形成合兩音節爲一音節的現象，而這種合音，往往會形成音質的改變，或使某些音素消失。如：

「不用」〔pu〕〔yuŋ〕→〔pəŋ〕（甭）

「這一」〔tʂɤ〕〔i〕→〔tʂei〕

「那一」〔na〕〔i〕→〔nei〕

五、國語聲調的連音變化：

漢語方言，統統都有聲調的連音變化，我們這裡僅舉標準國語的例子，其它方言就不贅了。

1. 上聲連音變化：

(a) 前半上：上聲字跟陰平、陽平、去聲、輕聲的字連在一起時，前面的上聲字只讀了上聲調的一半，而省去了抬高的後一半，這種因連音而起變化的上聲字，我們稱之爲「前半上」。如：

「管家」〔kuaⅤ〕〔tɕiaˉ〕→〔kuaↃ〕〔tɕiaˉ〕

「小盒」〔ɕiauↃ〕〔xɤˊ〕→〔ɕiaↃ〕〔xɤˊ〕

「努力」〔nuↃ〕〔liↃ〕→〔nuↃ〕〔liↃ〕

「嫂嫂」〔sauↃ〕〔sau|·〕→〔sauↃ〕〔sau|·〕

(b) 後半上：上聲字跟上聲字相連，前面的上聲字，

通常只讀上聲調的後一半，它的調值和陽平相似，這種因連音而起變化的上聲字，我們稱之爲「後半上」。如：

「米粉」［miˇ］［fənˇ］→［miˊ］［fənˇ］

「好馬」［xauˇ］［maˇ］→［xauˊ］［maˇ］

「小姐」［ɕiauˇ］［tɕieˇ］→［ɕiauˊ］［tɕieˇ］

「五百」［wuˇ］［paiˇ］→［wuˊ］［paiˇ］

2.　「一、七、八、不」的連音變調：

(a)　「一」字在數數兒的時候是陰平，如：「一、二、三……」唸作［jiˉ］［ɚˇ］［sanˉ］……；「一」是複音詞的後一個字時也是陰平，如「第一」［tiˋ］［jiˉ］，「唯一」［weiˊ］［jiˉ］

「一」字後面和陰平、陽平、上聲的字連接時，讀去聲調，如「一張」［jiˋ］［tʂaŋˉ］，「一條」［jiˋ］［t'iau］，「一把」［jiˋ］［paˇ］。

「一」字後面和去聲字連接時，讀陽平調，如「一塊」［jiˊ］［k'uaiˋ］，「一定」［jiˊ］［tiŋˋ］，「一個」［jiˊ］［kɤˋ］。

(b)　「七、八」二字通常是唸陰平調，如數數兒的時候是：「七、八、九、十」・［tɕ'iˉ］［paˉ］［tɕiouˇ］［ʂʅˊ］；是複音詞的後一個字時，也是唸作陰平調，如「第八」［tiˋ］［paˉ］、「老八」［lauˇ］［paˉ］、「行八」［xaŋˊ］［paˉ］，「第七」［tiˋ］［tɕ'iˉ］、

「老七」［lau╮］［tsʻi┐］、「行七」［xaŋ╮］［tsʻi┐］
等是。

　　「七、八」二字的後面和去聲字連接時，它們就變
爲陽平調了，如「七個」［tsʻi┐］［kɤ╲］、「七歲」
［tsʻi┐］［suei╲］、「七座」［tsʻi┐］［tsuo╲］、
「八架」［pa┐］［tsia╲］、「八面」［pa┐］［miɛ-
n╲］、「八粒」［pa┐］［li╲］等是。不過，也有很
多北平人是依然唸陰平的，所以在習慣上說，「七、
八」二字的連音是：有些人變調，有些人不變調，不
像「一」字那樣的肯定。

(c)　「不」字通常是讀去聲調，如「不來」［pu╲］
［lai┐］，「不好」［pu╲］［xau╮］，「不高」［p-
u╲］［kau┐］等是。

　　「不」字的後面若和去聲字相連，則「不」字本身
要變爲陽平調，如「不去」［pu┐］［tsʻy╲］，「不
夠」［pu┐］［kou╲］等是。

第四節　顎化、弱化和其他音變

壹、顎化與脣化

一、顎化作用：(palatalization)：

　　凡一個正常的輔音，在它的音質之外再加上一個特殊的音質〔j〕，這種現象就叫「顎化作用」。這新的音質〔j〕之所以產生，乃是因為舌面和硬顎的接觸部位之擴大，這擴大的情況就像發〔j〕音的情形一樣。

　　自音變的理論上說，一切的輔音都可以加上〔j〕這個新音質而成為顎化音，不過，〔j〕〔w〕〔ɥ〕三個半元音却不能再顎化了，因為：〔j〕本身就是〔j〕，自然不能再顎化了。〔w〕因為不是硬顎音，在理論上你可以說它能顎化，但如果它顎化了以後，就不能保持原來的音質，而變成〔ɥ〕了，所以，也就沒有顎化的〔w〕了。〔ɥ〕本來就是〔w〕和〔j〕的化合音，也就是〔w〕的顎化音，所以〔ɥ〕也就談不上顎化了。

　　在語音學裡頭，稱顎化的輔音為「軟音」或「濕音」，稱沒有顎化的輔音為「硬音」。顎化音是把〔j〕音質加入到輔音裡頭去，使輔音和〔j〕化合為一體，成為一個單純的音素，發音的動作只有一個。與輔音後頭拼上一個〔j〕不同，因為輔音後頭加上一個〔j〕，發音是兩個動作，先發一個硬音，然後再發一個〔j〕，它們是兩個音素。所以顎化音與輔音加〔j〕是完全不同的。國際音標常用附加的音標去表示顎化，就是在輔音之上加一個圓點，如〔ṫ〕〔ṡ〕〔ṅ〕」等就是顎化音了。

　　雙脣的閉塞音比較不容易顎化，這是因為受發音部位的限制；軟顎閉塞和邊音、顫音都是常有顎化的，不過在漢語

却少見。在漢語中最常見的顎化音是舌尖齒齦音，如［ t ］［ d ］的顎化音就是［ ȶ ］［ ȡ ］；［ s ］［ z ］的顎化音就是［ ɕ ］［ ʑ ］，這是在漢語中佔有很重要地位的顎化音。

二、脣化作用：(Round)：

凡發輔音時，除了原來發音的動作以外，更把嘴脣圓起來，也就是用「圓脣」的姿勢去發輔音，那麼這個發出來的輔音我們就稱之爲「脣化音」，這種作用叫做「脣化作用」。如發［ p ］時把嘴脣圓起來，就成了脣化的［ p ］，國語注音字母「ㄅ」「ㄆ」「ㄇ」單獨發音而不拼上韻母時，往往都讀作［ po ］［ p'o ］［ mo ］，那麼這也就是三個脣化的輔音了。其它如「多」［ tuo ］、「鍋」［ kuo ］當中的［ t ］［ k ］也是脣化音，而「低」［ ti ］、「該」［ kai ］當中的［ t ］［ k ］就不是脣化音。國際音標常用［ ' ］符號加在不圓脣輔音音標的右上角，以表示脣化的輔音，如［ p' ］［ t' ］［ k' ］就是脣化輔音了。

貳、弱化作用(Weakened or Delayed-release)

凡由正常的發音而轉變爲音勢的微弱，或發音肌肉的鬆弛，使音質發生改變的現象，我們稱之爲「弱化作用」，弱化作用可以分爲元音的弱化和輔音的弱化兩種，玆分述如下：

一、元音弱化：

　　元音在不重讀的音節中，由於肌肉的鬆弛或音勢的微弱，緊的元音（如 [i] [u] 等）變爲鬆的元音（如 [ɪ] [U] 等），或者清晰的元音（如前元音 [i] [e] 和後元音 [u] [o] 等）變爲含糊的元音（如央元音 [ə] [ɐ] 等）的現象。例如北平話的「棉花」[miɛn] [xua]，快讀就成爲 [miɛn] [xuə]，「打扮」[ta] [pan] 快讀就變成 [ta] [pən] 等都是元音弱化的現象。漢語中經常有所謂「輕聲字」的，它們的元音多數是弱化的。此外，許多語言中的一些短詞、虛詞、前置詞、詞尾等，在一個短語或一個句子中，往往不重讀，那麼，其中所包含的元音都可能產生弱化的現象，例如北平話裡的「的」「了」「着」「嗎」「呢」和詞尾「子」（如「桌子」「椅子」的「子」）等的元音都是弱化的元音。

二、輔音弱化：

　　輔音的弱化，普通都是根據氣流的強弱，而指清音變濁音（如兩元音之間的清輔音被同化爲濁音等）或送氣音變不送氣音等現象而言的。不過，有的時候，輔音的弱化也可指閉塞音變摩擦音的情形來說，其實，這也是依據氣流的強弱來對「弱化」下定義的。因爲，閉塞音是一發卽逝的，發音的時間短促，氣流是衝口而出的，不像摩擦音的氣流是慢慢地消耗在口腔器官收斂的摩擦上，所以我們可以說閉塞音變摩擦音也是一種弱化現象。例如漢語史上的「重脣音變輕脣音」（卽雙脣音變脣齒音，如「幫、滂、並」變爲「非、敷、

奉」就是由［p］［p′］［b］變［f］［v］的現象），古印
歐語的［*p］［*t］［*k］到了日爾曼語裡就成了［f］［θ］
［x］（或［h］），這些都可以算是輔音的弱化現象。

叁、特殊音變

　　語音的變化，一般的情形都是有一定的規律和過程的，
這我們在本章的第一節裡已經說過了。但有的時候，語音也
有越軌變化的現象發生的。這種越軌的變化，自有它發生變
化的特殊原因，玆分三類簡述如下：

一、尾音變化：

　　漢語是單音節語，同時又每一個音節都有「聲調」，每
一個詞都是一個語義單位（絕少單字不成詞的），結果就每
一個詞都有一個收尾音、這些收尾音往往都有一種特殊的變
化情形，它和詞的內部的語音變化大不相同，這種特殊變化，
我們稱之為「尾音變化」。如漢語的「入聲詞」，除了它有
聲調的特殊之外，還有收尾音的特點，它們都有一個收尾的
閉塞音。在古代的時候，收尾的閉塞音有兩套，一套是濁的
［−b］［−d］［−g］，另一套是清的［−p］［−t］［−k］。
到了中古時期，「切韻」系統的書籍所表現的情形是：濁的
一類已經不存在了，剩下的是清的［−p］［−t］［−k］，
這是漢語入聲尾音的一變。以現在的漢語來說，廣州話的入

聲收尾還有那［－p］［－t］［－k］三者，不過它們都是不破的閉塞音；福州話則合［－p］［－t］［－k］三者爲一，而只有一個單純且不破的［－k］了，這可以說是漢語入聲詞尾音的又一變。吳語入聲詞則都以喉塞音［－ʔ］收尾，廣東雷州半島的方言還有以［－ð］收尾的，這是漢語入聲詞尾音的第三變。到了北平話則所有的入聲詞都消失了尾音而以元音收尾了，這是漢語入聲詞尾的第四變。至於中古漢語中一些收［－m］尾的詞，到現代北平話中都變成了［－n］音收尾，其變化的情況與入聲詞一樣，也是一種特殊變化，都是與詞的內部的音變大不相同的。

二、常用詞音變：

常用的詞，發音比較鬆懈，往往是馬馬虎虎的發音，顯得有點兒含含糊糊的，這種因爲詞的常用而發生音變的現象，也不是平常循一定規律的音變，這我們也稱之爲特殊音變。常用詞的音變，在我們漢語中的，如把「先生」［ɕiɛn］［ʂən］唸成［ɕiɛ-ən］，把「太太」［tʼai］［tʼai］唸成［tʼ-ai-ai］是。英語中的「madam」往往被簡縮成「maam」「mæm］是王族對夫人的尊稱，至於唸成［məm］則是僕人對主婦的稱呼。至於英語口語中的「I will」變成「I'll」［ail］，「do not」變成［donʼt］等，都是屬於常用詞的特殊音變。

三、類推作用：

　　語言裡有了某種固定的形式，我們就以類相推，把跟這
形式相接近的語音說成了跟這種形式相同的樣子，根本不管
語音變化的一般情形如何，這種語音的變化現象，我們稱之
為「類推作用」。例如某個詞的一部分，尤其是開頭的部分
或詞尾的部分，如果是個相當罕見的結構，它就會被其它的
詞在同一地位所用的一個常見的部分傳染了，而變成常見部
分的音。在漢語中這種現象都發生在一個不認識的字，憑它
的形象，以已認識的形近字來類推，結果是大家的類推方法
非常地一致，便使這個字變了音，如一些經常被人們誤讀的
字，如「酗」「滲」「參差」之類，久之便成了約定俗成的
語音，所謂積非成是，事實上便是類推出來的音。其它語言，
如意大利語「pieno」（充滿），「piere」（教區）、「pie-
ga」（摺痕）等詞中的「e」都應當讀閉口的［e］的，但
因為除了這三個詞有這個［e］以外，其它詞如「piede」（腳）、
「mieto」（我收穫）等當中的「e」都是讀作開口的［ε］的，
於是就受它們的傳染，也就把前三個不常用的詞當中的「e」
讀成了開口的［ε］了。這一類的「類推作用」，語言學家也
稱之為「語音的傳染」，意思是這個不常見的音受那個常見
的音傳染而變成與那個音一樣了。

　　「類推作用」既然是把一個詞或一組詞中的音素，按照
別的一個詞或一組的音素典型依類相推地加以變化的現象，

於是許多發音上的類推現象便在人們的聰明頭腦中舉一反三地應用開來了。如福州話中的「見」［kien］在國語中既是唸作［tɕien］的，於是可以推想福州話中的「京」［kiŋ］，國語也是唸作［tɕiŋ］的，像這樣採用類推作用，確實有它方便和有利的一面；但另一方面也應當注意到，各種不同的歷史發展和具體情況，如果濫用類推作用，就會導致發音錯誤，如：漢語方言區的人學習標準國語時，往往無意中採用語音的類推作用，杭州人讀「黃」「王」都是［waŋ］，讀「胡」「吳」都是［wu］，因為他們學國語時發現國語的「黃」讀［xuaŋ］、「胡」讀［xu］，於是他們把「王」「吳」也類推成［xuaŋ］［xu］了。又如初學國語的廈門人既知「講」的國語讀［tɕiaŋ］，於是把「港」也讀成［tɕiaŋ］了，這都是自我誤導的結果。此外如廣州人學國語，往往把「根本」［kən］［pən］讀成［tɕin］［pən］（即讀「根」為「斤」）；把「甘先生」［kan］［ɕiɐ］［ sɐŋ］讀成［tɕin］［ɕiɐ］［sən］（即讀「甘」為「金」），因為在廣州話裡「斤」和「根」同音（都讀作［kan］），「金」和「甘」同音（都讀作［kam］），廣州話裡一部分字中的聲母是［k－］的，在國語裡都變成了［tɕ-］，這是一種語音的對應規律，依照這種對應規律的典型，可以類推出很多字的讀音。不過，若是把「黃、王」「胡、吳」「講、港」「斤、根」「金、甘」同樣的加以類推，就會引起發音上的許多錯誤，這是利用「類推作用」的過程中不可不慎的一件事。

肆、輔音交替

　　輔音交替，又稱「輔音轉換」或「輔音替換」。輔音交替是詞的內部形態變化的一種，屬於內部屈折的範圍。所以這不完全是語音的變化；不過，這種交替雖由語法意義的變動而起，却明白顯示出語音上的改變，因此我們也算它是語音變化的一種。輔音交替是在一個詞的內部形態系統裏，由於詞根中輔音有規律的變化而使語法意義有所區分的一種現象。比方說：古代漢語的「其」［gʹiəg］和「之」［təg］，由於聲母輔音［gʹ—］和［t—］的交替，就表現出語法意義的變動；［gʹiəg］是第三人稱代詞的領格，［təg］是第三人稱代詞的與格和賓格。又如福州話中「此」讀作［tɕuiʔ］，「彼」讀作［xui］，由於聲母輔音［tɕ—］和［X—］的交替，就表現出語法意義的變動，一是近指，一是遠指。輔音交替是同一個詞根內的語音交替，因此，它是內部屈折的一種：內部屈折就是詞根內表示語法意義變動的語音交替，包括元音的交替在內。詞根之外的輔音變化非常複雜，與詞根內的語音交替，情況亦大不相同，所以詞根外的輔音變化，語言學家並不把它納入「輔音交替」之列。

伍、替代作用

　　在遇到外國語中借來的詞裡所包含的音素或音節構造是本國語言中所沒有的，這時，一般都用本國語言的語音系統中相似的或接近的音素或音節構造去替代它，這種現象叫做「替代作用」。例如：漢語中沒有［r］這個音素，遇到外來詞中有［r］時，我們就用［l］去替代它，因此如「roma」「paris」「roosevelt」「robinson」等就譯成了「羅馬」「巴黎」「羅斯福」「魯濱遜」；漢語中沒有［－st－］這樣的輔音組合，我們就在［s］的後面加一個元音［ɿ］，因為［sɿ］這個音節是漢語中所具有的（如「斯」「思」「絲」等），有時就用音素相近的［ʂɿ］來替代，因此，「Specer」「Steinbeck」「Stilwell」「Stephen」就譯成了「司賓塞」「斯坦貝克」「史廸威」「史蒂分」。當我們初學一種外國語時，遇到有些音素是本國語言中所沒有的，我們往往用自己語言中的接近音素去替代，這種不正確的發音是應該糾正的，這與上述的接近的音素去翻譯外來借詞的情況不同。學習外語時，我們不應該用本國語言中語音系統裡的類似音素去替代外語中的音素（例如英語中的［ʃ］，我國北方人往往用［ş］，江南人往往用［ɕ］去代替它；［dʒ］往往用［tɕ］去代替；［V］北方人往往用［W］去代替），這樣一來，發音就不正確了。我們應該學習本國語言中所沒有的那些外國語言中的音素，研究它的發音部位和發音方法。方言區的人學習國語，如果用方言中的音素去替代國語中的音素（如閩廣人用［tsi］去替代［tɕi］，台灣人用［X］去代替［f］

等），那也是一種替代作用，也應當注意糾正。

　　替代作用，是語言中的一種詞彙新生現象，談不上是什麼音變，但在語音演變的整個系統來說，它也總算是語音新生，語音遷變的一小部分，因此我們把它列到這裏來說明。

第九章 音 標

　　音標是用以標注不知讀音的文字之音的一種工具，各國
所用的音標種類極多，有許多使用「表音文字」的語言社群，
往往他們的「字母」就是他們用以標注外國語音的音標，如
日本人讀漢文，往往用「片假名」來注音；英國人學漢語，
往往用羅馬字來注音。所以，如果要把一套一套的音標都介
紹出來，可能舉不勝舉，而事實上也沒有那麼大的必要。單
以漢語的標音工具來說，曾被人使用過而且比較常見的，就
有「注音符號」、「羅馬字拼音」、「韋卓瑪式拼音」（T.
F．Wade's System）、「耶魯大學拼音式」（Yale Sys-
tem）、「漢語拼音方案」及「國際音標」等六套，其餘清
末民初許多沒有通行開來的「簡字音標」還不知有多少套。
至於其它外國，則音標之多，自不待言。本章為簡明方便計，
只介紹被舉世語言學界所重視、所常用的「國際音標」。

第一節　國際音標引論

壹、國際音標的歷史

　　說起國際音標的歷史，必須推溯到公元 1886 年來說起，

那年，歐洲有好多位語言方面的教授，他們都共同一致地感覺到：現代各國語言發音之十分不規則，在教習語言上來說，單單在語音一方面的許多困難，便會產生許多學習上的障礙，於是大家商討，在倫敦聯合起來組織了一個專門研究語音，解決發音上許多難題的機構，名之爲「國際語音學會」(The International Phonetic Association)。兩年以後，在公元 1888 年，他們創擬了一種「國際語音字母」(International Phonetic Alphabet)，發表在他們的一個正式刊物「語音教師」(Le Maltre Phon'etique) 上，並由全學會的會員開始實行應用。自從那時期以後，學會的會務發展得很快，而且受到全世界各角落的語言學者所重視，參加該學會的會員也遍布於全世界各地，至於他們所創擬的「國際語音字母」，也就廣被世界各國的語言教師和語言學者所採用了，諸凡編撰字典、編輯各種語言的會話課本、以及各類需要標音的書籍，都採用了這套字母來注音。我們東方的一些國家，如我國、韓國、日本等，文字的型式跟拉丁文相去較遠，國際語音字母只能作爲我們的語言文字標注語音之用，因此有些人就把「International Phonetic Alphabet」譯成「國際音標」或「萬國音標」。國際音標自1888年公布至今，已經有過許多次的修訂，每次修訂的結果，都刊登在「國際語音學會」的會刊「語音教師」上。我國語言研究者所做的關於語言調查和研究的工作，大多也是使用這套符號的，因爲它有一個最大的優點，就是：以一個音符代表一個音素，絕無一個字母有好

幾個讀音的那種弊病。

貳、國際音標的來源

國際音標的符號本身是採用拉丁字母小寫的印刷體爲主
的，所以說到國際音標，便不能不知拉丁字母。拉丁字母則
又是紀元前六、七世紀時，意大利半島上的拉丁族人所創造
的，它起源於希臘字母，最初只有二十個字母，後來才慢慢
增加到二十六個。拉丁字母字體簡單，筆畫清楚，容易連寫，
便於閱讀，易於記憶，因此流傳最廣。目前整個西歐、美洲、
澳洲以及非洲的大部分民族，都使用拉丁字母。東歐的捷克、
波蘭，亞洲的越南、馬來西亞、新加坡、印尼也用拉丁字母。
拉丁字母既然是這樣地廣被使用，則以它作爲「國際音標」
的符號，自然是順理成章的事。但拉丁字母只有二十六個，
現代各國語言的聲音之音素是相當多的，以這二十六個字母
去擔當數不淸的語言音素，勢必不可能。例如拉丁語裡沒有
〔ʃ〕這個音，後來在英語中用「Sh」來替代，法語則用
「Ch」來替代，德語則用「Sch」來替代，意大利語則用「Sc」
來替代。此外如〔ŋ〕也是拉丁字母中所沒有的，通常各國
語言都用「ng」來替代；〔ɲ〕也是拉丁字母所無的，法語、
意大利語以「gn」來替代，西班牙語以「ñ」來替代，葡萄
牙語則以「nh」來替代。如此說來，完全靠拉丁二十六字母
還是不夠的，況且國際音標的原則是：「一個音標只代表一
個音素，一個音素只用一個音標作代表」，因此除了拉丁字

母的小寫印刷體以外，當不敷應用時，就不得不增加符號。有時是用合體字母，如〔œ〕〔æ〕等是；有時是顛倒原字母，如〔ɐ〕〔ə〕〔ɟ〕〔ʁ〕等是；有時是用跟小寫字母同一尺寸（Size）的大寫字母，如〔A〕〔E〕〔R〕等是；有時是用草體字母，如〔ɑ〕〔ɛ〕〔x〕等是；有時是改變字母的原形，如〔ŋ〕〔ɲ〕〔ʒ〕〔ɕ〕〔ɳ〕〔ɬ〕等是；有時則在原字母上加添附加符號，如〔ɨ〕〔ʉ〕〔ɕ〕〔ã〕等是；有時則借用希臘字母如〔β〕〔θ〕〔ø〕〔ɣ〕等是。

在國際語音學會初期公布的音標當中，沒有送氣音，也沒有漢語特有的一些音素的標號，後來研究漢語語音的語言學家，就原有的音標當中增加了許多漢語特有的音素標號，如〔ʨ〕〔ʨ‘〕〔ɕ〕〔ʑ〕〔ɳ〕〔ʈ〕〔ʈ‘〕〔ɸ〕〔ʦ〕〔ʦ‘〕〔ʂ〕〔ʐ〕等。凡是增加的音標，只要說明它們的發音方法、發音部位，並與各音標的標號具文通知國際語音學會，在該會登記有案，並經「語音教師」刊載公告語音學界，那麼這些增加的符號也就確定而被語音學界公認而無疑了。

叁、國際音標的重要

國際音標的重要性是很多的，約略的說，可分以下數點來說明：

一、易於記憶：

　　各國或各族的語言，表形文字和音節文字（如日本、韓國爲音節文字），固形體特殊，與拉丁文不相類，卽用拉丁字母爲拼音字母的各國語言，也都各自有各自的拼音方案，制度及發音的方法都各不相同，我們學習起來，非常難以記憶，如果用國際音標標上了音以後，也就一目了然，且極易記憶和誦讀了。

二、讀寫一致：

　　表形文字本已不易找出它們讀音的根據，卽表音文字，也往往讀法和寫法不一致，很難把握它們的音值，但如果有了國際音標標音的話，那也就讀寫一致，一切音讀上的困難都迎刃而解了。

三、打破語言的國際疆界：

　　自來各國書面語因爲形體不同，發音有異，很不容易進行調查和研究的工作，自從有了國際音標以後，一切國際間或民族間的語言藩籬就完全打通了，不管你原本的形體如何，只要一看音標，便萬難自解，音讀瞭然了。

四、發音原理易明：

　　國際音標是擧世語言學家共同努力的結晶，每一個標號的音值、發音部位、發音方法都有詳明的記載和說明，凡是學習各類語言的發音而感到困難的人，只要一看到國際音標

這個媒介，再翻檢每一標號的發音方法和發音原理，則學習他種語言的發音困難也就完全解決了。

五、方便語言的自修：

現代的各國字典，多數採用國際音標，因此學習語言的人，對某種要學習的語言，只要略具基礎，在發音方面只要找有國際音標注音的字典，便可無師自通，不必處處依賴別人。不管書面語的寫法是如何的離奇古怪，只要一見音標，便如故人相見，讀之甚易了。

六、適用於任何階層：

國際音標因為「一個標號代表一個音值，一個音值只用一個標號」，所以最易把握音值，且因每一個語言的輔音和元音都是很有限的，因此掌握幾個音標的發音是很容易的，所以無論是施於小學、中學、大學，或一般社會人士，都是易學易能的，這可以說是適合於任何階層的簡易工具。

七、音質顯明：

國際音標的每一標號，在音質上都有極顯明的界限，一音一值，絕無混淆。有些語言，雖號為表音文字，但因多歷年所，已經發生多少度歷史上的音變，可是在書面語上看起來，可能字母依然，並無多大改變，若是用國際音標把各時代的歷史語音標注出來，於是各時期的音值，便可非常顯明

地展示在讀者之前,而原來文字上的含糊現象,也就陰霾盡
掃,一目了然了。

第二節 國際音標的標號

壹、常用音標

國際音標的數目是沒有一定的,最初創擬時,數目較少,
大部都是適用於歐西語言的音標,後來因爲被世界各國的語
言學家所重視,於是數目越來越增加,東方各國語言的音標
也漸次加入。以下所舉的是比較常用的音標,此處只作大略
的介紹,詳細的音質、音值、發音方法、發音部位及各方面
的發音原理,請參見本書第三章「輔音」,第四章「元音」,
第五章「音素的鼻化與音素的結合」。音標的詳細列表,亦
請參見前文:「輔音表」在第五章第一節,「元音表」在第
四章第二節。玆列舉各常用音標如下:

一、輔 音

1.閉塞音 (Occlusive):

雙脣塞音:〔 p 〕 〔 b 〕

舌尖齒齦音:〔 t 〕 〔 d 〕

舌尖前顎音:〔 t 〕 〔 d 〕

舌面後硬顎音:〔 c 〕〔 ɟ 〕

舌根軟顎音:〔 k 〕 〔 g 〕

舌根小舌音：［q］　［G］

喉門音：［ʔ］

2. 鼻化音 (Nasal)：

雙脣音：［m］

脣齒音：［ɱ］

舌尖齒齦音：［n］

舌尖前顎音：［ɳ］

舌面後硬顎音：［ɲ］

舌根軟顎音：［ŋ］

舌根小舌音：［N］

3. 擦音 (Fricative)：

雙脣音：［ɸ］　［ß］

脣齒音：［f］　［v］

舌齒音：［θ］　［ð］

舌尖齒齦音：［S］　［Z］

舌尖前顎音：［ʂ］　［ʐ］

舌葉前顎音：［ʃ］　［ʒ］

舌面硬顎音：［ɕ］　［j］

舌根軟顎音：［x］　［ɤ］

舌根小舌音：［χ］　［ʁ］

喉壁音：［ħ］　［ʕ］

喉門音：［h］　［ɦ］

4. 擦邊音：(Lateral Fricative)：

舌尖齒齦音：〔ɬ〕 〔ɮ〕

5. 無擦邊音(Lateral Non-fricative)：

舌尖齒齦音：〔l〕

舌尖前顎音：〔ɭ〕

舌面後硬顎音：〔ʎ〕

6. 顫音：(Rolled)：

舌尖齒齦音：〔r〕

舌根小舌音：〔R〕

7. 閃音：(Flapped)：

舌尖齒齦音：〔ɾ〕

舌尖前顎音：〔ɽ〕

8. 半元音或無擦通音(Semi-vowel and Frictionless Contiuants)：

雙脣音：〔ʍ〕 〔w〕 〔ɥ〕

脣齒音：〔ʋ〕

舌尖齒齦音：〔ɹ〕

舌面後硬顎音：〔j〕

舌根小舌音：〔ʁ〕

二、元 音

1. 閉音：〔i〕〔y〕〔ɨ〕〔ʉ〕〔ɯ〕〔u〕

2. 半閉音：〔e〕〔ø〕〔ɤ〕〔o〕

3. 開音：〔a〕〔ɑ〕〔ɒ〕

4. 半開音：〔ɛ〕〔œ〕〔ʌ〕〔ɔ〕〔æ〕〔ɜ〕

5. 不閉不開音：［ə］

貳、次要音標

［ȶ］［ȡ］：［t］［d］的顎化輔音。

［ȵ］：［n］的顎化輔音。

［ɕ］［ʑ］：［s］［z］的顎化輔音。

［ʆ］［ʓ］：［ʃ］［ʒ］的顎化輔音。

［p'］［t'］：同時帶有聲門塞的輔音。

［ɫ］［ɖ］［ʐ］：舌根化或咽頭化輔音。

［ɓ］［ɗ］：閉塞而不破裂的濁輔音。

［ř］：擦顫音。

［ɵ］［ʓ］：圓脣的［ɵ］［ð］或［s］［z］。

［ʮ］［ʯ］：圓脣的［ʃ］［ʒ］。

［ʄ］［ʛ］［ʗ］：蘇魯語（Zulu）中吸氣的［c］［q］［x］。

［ɹ］：［r］［l］之間的音。

［ɳ］：日本語成音節的鼻音。

［ʅ］：［x］［ʃ］結合的音。

［ʍ］：［w］的清音。

［I］：［i］［e］之間的音。

［Y］：［y］［ø］之間的音。

［U］：［u］［o］之間的音。

［E］：［e］［ɛ］之間的音。

［A］：［a］［ɑ］之間的音。

〔θ〕：〔ø〕〔o〕之間的音。

〔ɜ〕：〔ə〕〔ʊ〕之間的音。

〔ɿ〕〔ч〕：舌尖前元音。

〔ʅ〕〔Ч〕：舌尖後元音。

〔ʦ〕〔ʧ〕〔ʤ〕：是〔ts〕〔tʃ〕〔dʒ〕的合體符號，有時也用〔⌒〕〔‿〕等等符號來聯結兩個符號，以表示是合體的同音節標號，如〔t͡s〕〔t͡ʃ〕〔d͡ʒ〕或〔ts͜〕〔tʃ͜〕〔dʒ͜〕等是。

〔m͡ŋ〕：表示兩個音素同時發音。

〔c〕〔ɟ〕：有時可用來代替〔tʃ〕〔dʒ〕。

〔ƀ〕〔ƶ〕：有時可用來代替〔ts〕〔dz〕。

〔ph〕〔th〕：其中的〔h〕代表「送氣」。

〔eɹ〕〔aɹ〕〔ɔɹ〕〔ɪə〕：其中的〔ɹ〕代表元音的兒化。

〔eɹ〕〔aɹ〕〔ɔɹ〕〔ɪə〕：其中的〔ɹ〕也是代表元音的兒化。只是寫法稍異而已。

〔ʠ〕〔ʡ〕〔ʕ〕：有時元音的兒化可寫成這樣。

〔əɹ〕〔ɹə〕〔ɚ〕〔ɹɚ〕：這都是代表〔ə〕的兒化音。

叁、音長、音勢和聲調的標號

一、音長標號：

〔:〕：全長音的標號，放在音標之後，如〔a:〕〔i:〕〔ɔ:〕。

［ˈ］：半長音的標號，放在音標之後，如［aˈ］［iˈ］

［ɔˈ］。

二、音勢標號：

［ˈ］：重音，放在音節之前上方，如［ˈta］［ˈpa］。

［ˌ］：次重音，放在音節前之下方，如［ˌta］［ˌpa］。

［ˑ］：輕音，放在音節之前上方，如［ˑta］［ˑpa］。

三、聲調標號：

簡單的聲調可用一些簡單的符號表示，如：

［ˉ］：表示高平調，放音節之前，如［ˉta］。

［ˍ］：表示低平調，放音節之前，如［ˍpa］。

［ˊ］：表示高升調，放音節之前，如［ˊka］。

［ˏ］：表示低升調，放音節之前，如［ˏma］。

［ˋ］：表示高降調，放音節之前，如［ˋna］。

［ˎ］：表示低降調，放音節之前，如［ˎŋɑ］。

漢語的聲調比較複雜，單單簡便的符號還不夠使用，詳
細的調值標號本章從略，請參見本書第十章第三節。

肆、附加符號

［˜］：鼻化符號，如［ã］［ẽ］［õ］是。

［。］：清音化符號，如［b̥］［g̊］［d̥］。

［ˬ］：濁音化符號，如［ʂ̬］＝［ʐ］，［ʈ̬］＝［d］。

〔ʻ〕：送氣符號，如〔pʻ〕〔tʻ〕〔kʻ〕是。

〔ω〕：圓脣化符號，如〔ṇ̣〕＝圓脣的〔n〕，〔ḳ̣〕＝圓脣的〔k〕。

〔ₙ〕：齒化符號，如〔t̪〕＝舌尖抵齒的〔t〕。

〔˙〕：顎化符號，如〔ṡ〕＝〔ɕ〕，〔ż〕＝〔ʑ〕。

〔.〕：特閉的元音，如〔ẹ〕＝很閉的〔e〕。

〔,〕：特開的元音，如〔ẹ〕＝很開的〔e〕。

〔⊥〕：舌較高，如〔e⊥〕或〔e̤〕＝〔ė〕。

〔т〕：舌較低，如〔eт〕或〔e̤〕＝〔ẹ〕。

〔+〕：舌較前，如〔u+〕或〔u̟〕＝較前的〔u〕，〔t̟〕＝〔t̪〕。

〔−〕：舌較後，如〔i−〕或〔i̱〕＝〔ɨ〕，〔ṯ〕＝舌尖抵齒齦的〔t〕。

〔ᵓ〕：脣較圓，如〔oᵓ〕〔uᵓ〕。

〔ᶜ〕：脣較展，如〔oᶜ〕〔uᶜ〕。

〔¨〕：中元音，如〔ï〕＝〔ɨ〕，〔ü〕＝〔ʉ〕，〔ë〕＝〔ə˞〕，〔ö〕＝〔ɵ〕。

〔.〕：單獨成音節，如〔m̩〕〔ŋ̍〕。

〔˘〕：輔音化的元音，如〔ĭ〕〔ŭ〕。

〔ʃˢ〕：一種像〔s〕的〔ʃ〕。

〔～〕：兩可的音，如〔n～l〕。

第三節　標音方法

壹、音標拼音(Transcription)

　　語音的最小單位是「音素」，當我們在標音之前，首先必須明白所要標音的語言的語音單位有多少，它們都是哪些音素。音素的積聚就可拼成「音節」（或稱「音綴」），音節的積聚就可組成「詞」；在語義和語法上來說，「詞」是語言中單獨運用的最小單位。所以，當我們要分辨語音的時候，最好先把握住詞，進而再從詞中分辨音節，再從音節中分析音素。音素能分析得很清楚，也就能分辨所要標音的語言究竟有多少音素，在音位上說也就可知這個語言有多少「音位」了。既知音素和音位，然後就可用音標把他們一個一個地標注出來，音位所包含的內容稍大，一個音位可能有幾個「分音」，但音素卻是很實在的：一個音素只用一個音標，一個音標只代表一個音素。音素有單一的和複合的兩種，有時候拼音要用單音素，有時候却要用複音素，單音素如標準國語中的〔p〕〔p'〕〔m〕〔f〕〔t〕〔t'〕〔n〕〔l〕〔a〕〔o〕〔ɤ〕〔e〕等；複音素如標準國語中的〔tɕ〕〔tɕ'〕〔tʂ〕〔tʂ'〕〔ts〕〔ts'〕和〔ai〕〔ei〕〔au〕〔ou〕等是。

　　真正要表情達意的語言，它在語音方面的表現，不僅僅是輔音與元音的結合而已，有時它還必須配合音重、音長、音高等多方面的變化的。因此在標音時除了運用一般的輔音、元音的音標之外，還須配合以重音或輕音的符號，長音或短

音的符號，聲調的符號等，這才算是完整的標音。至於遇有
「連音變化」、「歷史音變」、「清音化」、「濁音化」、
「鼻音化」等的現象，也都必須完全把它們表示出來。所以
一個完整而嚴密的標音，實在是一件相當複雜的事情。

貳、嚴式標音法(Narrow transcription)

嚴式標音法又稱「音素標音法」(phonetic transcrip-
tion)，它是採用一種語言（或方言）中一切可能出現的音素
符號來標出該語言（或方言）的一切音素；每個音素的差別，
卽使是極微細的差別，每個音位的分音，各個「分音」之間
的差別，都須用不同的符號精密詳盡地表現出來。所以嚴式
標音法所採用的符號極多，卽令是最微細部分的差別，也必
須用各種附加符號把它們表示出來。如標準國語中「安」「啊」
「大」三個字，寬式的標音法是標作〔an〕〔a〕〔ta〕，但
是實際的語音這三個字中的〔a〕是有微細的差別的，「安」
的〔a〕是〔a〕，「啊」的〔a〕應是〔A〕，「大」的〔a〕
應是〔ɑ〕，換言之三個字若用嚴式的標音法應標成〔an〕〔A〕
〔tɑ〕才對。又如注音符號「ㄢ」的國際音標是〔an〕，
「ㄧㄢ」的嚴式標音却不是〔ian〕，而是〔iɛn〕，因爲其中的
〔a〕受了〔i〕的影響已變成〔ɛ〕了。

叁、寬式標音法(Broad transcription)

寬式標音法又稱「音位標音法」(phonemic transcription)，關於音位標音法的一些道理，我們已經在第七章第七節中約略提到，這裡爲了與嚴式標音法相對照起見，我們再進一步地加以說明。所謂寬式標音法，就是採用一個語言(或方言)中的音位符號來標出該語言（或方言）中的一切音，其中一個音位符號可以表示這個音位的各種變體（分音）。寬式標音法所採用的符號是有限的，不像嚴式標音法那樣的繁雜難以記憶。如果在不妨礙辨義作用的原則下，採用寬式標音法可以使我們能盡量地少用符號，便於記憶。在普通一般的語音敎學上和普通一般的標音時，我們採用的符號越少越好，越簡單越方便。比方說，拿北平語言中的元音來看，如果採用「音位標音法」來標音，我們只需用［i］［u］［y］［e］［ə］［o］［a］這七個符號就夠了。至於對待音位的變體的語音差異，在必要時，只需用它的環境或條件來解釋或說明就可以了。所以一般常用的標音方法都是寬式的，只有在調查語言（或方言），在分析或描寫一個語言(或方言)中可能存在的一切語音的音質時，則採用的符號越精細越多就越加能做到精確、細密、深入，在這種情形下，就必須採用嚴式標音法。

肆、標音舉例

一、標準國語標音：

有［iou˅］一［i˅］回［xuei˄］，北［pei˅］風［fəŋ

跟［kən˥］太［tʼai˫］陽［iaŋ˧］在［tsai˫］一［i˧］塊兒
［kʼuaɹ˫］爭［tʂəŋ˥］論［luən˫］誰［ʂei˧］的［tə|·］
本［pən˫］事［ʂ˨˩˫］大［ta˫］。正［tʂəŋ˫］吵［tʂʼau˫］
著［tʂə|·］，來［lai˧］了［lə|·］個［kə|·］趕［kan˫］路
［lu˫］的［tə|·］，身［ʂən˥］上［ʂaŋ˫］穿［tʂuan˥］著
［tʂə|·］一［i˧］件［tɕian˫］厚［xou˫］棉［mian˧］袍［pʼ
au˧］子［tsə|·］。他［ta˥］倆［mən|·］倆［lia˫］就［tɕ-
iou˫］商［ʂaŋ˥］量［liaŋ˧］好［xau˫］，誰［ʂei˧］能
［nəŋ˧］叫［tɕiau˫］這［tɕɤ˫］個［kə|·］走［tsou˫］路
［lu˫］的［tə|·］把［pa˫］他［ta˥］的［tə|·］袍［pʼau˧］
子［tsə|·］脱［tʼuo˥］掉［tiau˫］，就［tɕiou˫］算［s-
uan˫］誰［sei˧］的［tə|·］本［pən˫］事［ʂ˨˩˫］大［ta˫］。

二、英語標音：

The ［ðə］North ［nɔːθ］Wind ［Wind］and ［ənd］the
［ðə］Sun ［sʌn］Were ［Wə:］disputing ［dis'pju:tiŋ］，
Which ［Witʃ］Was［Wəz］the ［ðə］Stronger［strɔŋge］，
When ［Wɛn］*a* ［ə］traveller ［'trævlə］came ［keim］
along ［ə'lɔŋ］Wrapped ［ræpt］in ［in］a ［ə］Warm［w
ɔ:m］Cloak ［klouk］，They ［ðei］agreed ［ə'gri:d］that
［ðət］the ［ðə］One ［wʌn］Who ［hu:］first ［fə:st］
made ［meid］the ［ðə］traveller ［'trævlə］take ［te-
ik］off ［ɔ:f］his ［hiz］Cloak ［klouk］Should ［ʃud］

be〔bi〕Considered〔kən'sidəd〕Stronger〔strɔŋgə〕
than〔ðən〕the〔ði〕Other〔'ʌðə〕。

第十章　漢語音韻問題

第一節　聲

壹、聲母、聲紐、無聲母

一、聲母：漢語一個音節寫下來，就是一個字的音。歷來國人對字音的分析是把一個字的讀音分做兩部分，前一部分叫做「聲」或者「聲母」（Initial），如國語「馬」［ma］中的［m-］。「聲」或「聲母」是中國聲韻學上的概念，同現代語音學上的「輔音」概念不完全相同。輔音固然可以當作「聲母」，但它有時也可以作「韻尾」用，如「班」［pan］中的［-n］。而且在漢語裡頭，有很多字只是一個元音的，如「啊」［a］，或以元音開頭，如［安］［an］，這種情形在聲韻學上仍然認為它們是包含著聲和韻兩部分的，所以它們在反切拼音法中，都是有一個「切語上字」代表它們的聲母的，而在三十六字母中，也是各有歸屬的。

二、聲紐：類聚許多雙聲的字，取其中之一字為標目，這個標目的字就是這許許多多雙聲字的「聲紐」，「紐」者「樞」也，亦即「聲母」，但聲母與聲紐在某些情況之下又是不完全相同的，如在三十六字母中的「照穿牀審禪」五個

字母所屬的字，有許多是置於韻圖的二等地位的，另有許多是置於韻圖的三等地位的，因爲它們所置的地位不同，也就是它們聲母的不同，所以我們習慣上都稱「照紐二等」「照紐三等」來區分它們聲母的不同，但若以「聲紐」來說，二等三等都是「照紐」，這就形成了聲紐同而聲母不同的現象了。因爲聲母是指實際語音的 Initial 的，所以音變之前音變之後的聲母，往往是不同的；但聲紐却不論音變與否，總是以「同聲紐」來看待的。

三、無聲母：凡是某字之音是屬於元音的，或是以元音起首的，換言之卽是沒有用輔音作聲母的字，我們都稱之爲「無聲母」字，或「零聲母」字。以高元音「i」「u」「y」起首的「無聲母」字，因爲開始發音時前面沒有輔音，同時因爲起首時的舌位很高，實際上都是帶有輕微摩擦的「半元音」，如國語「衣」「烏」「迂」「鴉」「娃」「約」等字，寬式標音固可標作〔i〕〔u〕〔y〕〔ia〕〔ua〕〔ye〕，但嚴式的標音却應標成〔ji〕〔wu〕〔ɥy〕〔ja〕〔wa〕〔ɥe〕才是。

貳、字　母

一、字母的意義及創制者：字母就是中古聲母的代字，最早見於佛經典籍，其後，漢語音韻圖表也採用了。今傳等韻圖中所列的字母都是三十六個，所以說到字母，習慣上都稱「三十六字母」，三十六字母歷來都以爲是創自唐末的沙

門守溫，後來在燉煌發現了唐寫本「守溫韻學殘卷」，我們知守溫訂的字母，只有三十個。至於三十六字母爲何人所訂，已無可考，自然是經過後人增補過的。自清代陳澧歸納廣韻切語上字以來，近世研究中國聲韻的人，把等韻圖的字母與廣韻的聲類相對證，又發現韻圖中「照穿牀審禪」五母在韻圖二等的與韻圖三等的完全不同，於是把五母析爲十母，在二等的爲「莊初牀疏俟」，在三等的爲「照穿神審禪」。又「喻」母之置於韻圖三等的與置於四等的，聲類亦不相同，於是又析之爲二，在三等的稱爲「爲」母，在四等的稱爲「喻」母。至三十六字母中的「泥」「娘」二母，依廣韻聲類看，實無分別之必要；徵之方言，亦多不分；守溫的三十字母，也是「泥」「娘」合一的，因此以中古聲類來看，「娘」母是應併入「泥」母的。這樣與廣韻聲類對證之後的中古字母，則應爲四十一個。茲分別列舉如下：

二、三十字母：南梁漢比丘守溫述。

　　唇音　不芳並明

　　舌音　端透定泥　是舌頭音

　　　　　知徹澄日　是舌上音

　　牙音　見（君）溪羣來疑　等字是也

　　齒音　精清從　是齒頭音

　　　　　審穿禪照　是正齒音

　　喉音　心邪曉　是喉中音清

　　　　　匣喻影　是喉中音濁

三、三十六字母：韻鏡三十六字母圖云：

　　　　幫滂並明　　脣音重

　　　　非敷奉微　　脣音輕

　　　　端透定泥　　舌頭音

　　　　知徹澄娘　　舌上音

　　　　見溪羣疑　　牙音

　　　　精淸從心邪　　齒頭音

　　　　照穿牀審禪　　正齒音

　　　　影曉匣喻　　喉音

　　　　來日　　舌齒音

四、四十一聲類之代字：據廣韻切語上字之系聯以析正齒音爲二，析「喻」母爲二，合「泥」「娘」爲一，列表如下：

　　　重脣音　　幫滂並明

　　　輕脣音　　非敷奉微

　　　舌頭音　　端透定泥

　　　舌上音　　知徹澄

　　　牙　音　　見溪羣疑

　　　齒頭音　　精淸從心邪

　　　正齒音　　莊初牀疏俟　　韻圖列在二等

　　　　　　　　照穿神審禪　　韻圖列在三等

　　　喉　音　　影曉匣喻（喻紐列在四等）爲（爲紐列在三等）

　　　半舌音　　來

半齒音　日

五、字母清濁表：

發音部位＼清濁	全清	次清	全濁	次濁	全清	全濁
脣　重脣	幫	滂	並	明		
脣　輕脣	非	敷	奉	微		
舌　舌頭	端	透	定	泥		
舌　舌上	知	徹	澄			
齒　齒頭	精	清	從		心	邪
齒　正齒二等	（莊）	（初）	牀		（疏）	（俟）
齒　正齒三等	照	穿	（神）		審	禪
牙	見	溪	羣	疑		
喉	影	曉	匣（爲）	喻		
半舌				來		
半齒				日		

叁、五音、七音、九音

　　所謂五音、七音、九音，卽五或七或九個不同的發音部位之舊稱；其五個發音部位所發之音謂之五音，七個發音部

位所發之音則稱七音，九個則稱九音。

一、五音：即脣音、舌音、齒音、牙音、喉音五種。半
舌音併入舌音，半齒音併入齒音。

二、七音：即脣音、舌音、齒音、牙音、喉音、半舌音、
半齒音七種。

三、九音：即重脣音、輕脣音、舌頭音、舌上音、齒頭
音、正齒音、牙音、喉音、舌齒音（合半舌、半齒
爲「舌齒」）。

四、九音與今日語音學之發音部位名稱及發音方法之對
照（附字母及擬測之音標以便說明）：

1. 重脣音：幫［p］、滂［p′］、並［b］、明［m］
——今稱雙脣塞音及鼻音。

2. 輕脣音：非［f］、敷［f′］、奉［v］、微［ɱ］
——今稱脣齒擦音及鼻音。

3. 舌頭音：端［t］、透［t′］、定［d］、泥［n］
——今稱舌尖塞音及鼻音。

4. 舌上音：知［ȶ］、徹［ȶ′］、澄［ȡ］——今稱
舌面塞音（娘母之音值與泥母同）。

5. 牙音：見［k］、溪［k′］、羣［g］、疑［ŋ］
——今稱舌根塞音及鼻音。

6. 齒頭音：精［ts］、清［ts′］、從［dz］、心［s］、
邪［z］——今稱舌尖塞擦音及擦音。

7. 正齒音：莊［tʃ］、初［tʃ′］、牀［dʒ］、疏［ʃ］、

〔ʒ〕——今稱舌尖面混合塞擦音及擦音。

照〔tɕ〕、穿〔tɕʻ〕、神〔dʑ〕、審〔ɕ〕

禪〔ʑ〕——今稱舌面塞擦音及擦音。

8.　喉音：影〔ʔ〕、曉〔x〕或〔h〕、匣〔ɣ〕或〔ɦ〕、

為〔ɣj〕、喻〔o〕——今稱喉塞音、舌根擦音或

喉擦音及無聲母。

9.　舌齒音：

a．半舌音：來〔l〕——今稱舌尖邊音。

b．半齒音：日〔n̠〕——今稱舌面鼻音。

肆、發送收和戛透轢捺

一、發送收：方密之「通雅」云：「於波梵摩得發送收三聲，故定發送收為橫三」。江永「音學辨微」依之，凡稱全清音為「發聲」；稱次清音與全濁音為「送氣」；稱次濁音「疑、泥、娘、明、微」，全清音「心、審」，全濁音「邪、禪」為「收聲」；而次濁音「來、日」則又為「發聲」。此其區分，體例自亂，無確定之標準，而名義尤為含混，自不如今日語音學新名詞之恰當確實也。

二、戛透轢捺：清末勞乃宣分三十六字母為「戛透轢捺」四大類。凡稱「見、端、知、照、精、幫；羣、定、澄、牀、從、並」為「戛類」；稱「溪、透、徹、穿、清、滂、敷」為「透類」；稱「曉、匣、審、禪、心、邪、非、奉、來」為「轢類」；稱「疑、泥、娘、明、微、日」為「捺類」；

而「影、喩」二母則未列之，蓋以其口語度之，以「影、喩」
爲無聲母故也。

第二節　韻

壹、韻、韻母、韻類、韻攝、韻部

　　一、韻和韻母：傳統的漢字字音分析法，是把每個字音
的前一半叫做「聲」或「聲母」；把字音的後一半（卽聲母
以後的部分）叫做「韻」或「韻母」（Final），如國語「瓜」
〔kua〕中的〔-ua〕。漢語音韻學上所謂的「韻」或「韻母」
與現代語音學上所謂的元音不同。一個元音固然可以是一個
韻母，如國語「他」〔t′a〕中的〔-a〕，但是一個韻母有時
可以包涵幾個元音，或者在最後附有輔音，如國語「嬌」
〔tɕiau〕中的〔-iau〕是三個元音，國語「光」〔kuaŋ〕中
的〔-uaŋ〕是兩個元音加一個舌根鼻音，廈門語「叔」〔tsik〕
中的〔-ik〕是一個元音加一個舌根塞音。「韻」和「韻母」
在一般的情況之下是沒有區別的，如我們說國語「山」字的
韻是〔-an〕，也可說成「山」的韻母是〔-an〕。但在有些情
況之下是大有區別的，如中古「東」和「窮」是同韻的，但
它們的韻母却不相同，在中古「東」的韻母是〔-uŋ〕，「窮」
的韻母是〔-juŋ〕或〔-iuŋ〕，它們都是「東韻」的字，同
韻，但不同韻母。以現代的國語來說，如果我們寫一首新詩，

用「麻、花、家」三個字來押韻，就可說「麻、花、家」三字在現代是同韻的；如果以韻母來說，「麻」的韻母是〔-a〕，「花」的韻母是〔-ua〕，「家」的韻母是〔-ia〕。由此可知，「韻」是從「主要元音」到「韻尾」相同，就叫「同韻」；「韻母」是從「介音」到「主要元音」、「韻尾」都要相同，才算是同韻母的。

在漢語音韻學上，通常又把韻母分成三部分，即「韻頭」、「韻腹」和「韻尾」。如國語「關」〔kuan〕，〔k-〕是聲母，〔-u-〕是韻頭，〔-a-〕是韻腹，〔-n〕是韻尾。國語「乖」〔kuai〕，〔-u-〕是韻頭，〔-a-〕是韻腹，〔-i〕是韻尾。

1. 韻頭：也就是介音，是介乎聲母和韻腹之間的高元音，漢語中通常用作韻頭的是〔i〕〔u〕〔y〕，但有時在方言中也有以「半元音」〔j〕〔w〕作韻頭的。

2. 韻腹：就是構成韻母的主要元音，是整個音節中發音最響亮的部分。有時音節中以介音為「主要元音」，則也可以說是韻頭與韻腹合而為一了，如國語「東」〔tuŋ〕，〔-u-〕是韻頭，也是韻腹，因為整個音節中只有它是元音，是發音最響亮的部分。又如國語「低」〔ti〕，〔-i〕是韻頭也是韻腹，因為它是全音節中的「主要元音」。

3. 韻尾：就是韻腹後面的一個收尾成素，有時是輔

音，有時是高元音，如國語「金」〔tɕin〕中的
〔-n〕是韻尾；「拍」〔p'ai〕中的〔-i〕是韻
尾。漢語中作爲韻尾的有塞音、鼻音、和高元音；
凡元音韻尾都是指「下降複元音」中收尾的高元
音而言的。

　二、韻類：清代陳澧據廣韻切語上下字以考切韻系韻書
的音類，據切語上字之系聯歸納而得的類叫「聲類」；據切
語下字之系聯歸納而得的類則叫「韻類」。陳氏發現在一韻
之中，或兼備開、合、洪、細之音，則依其開、合、洪、細
之音而分類，如廣韻「東」韻，經系聯的結果，「紅公東空」
諸切語下字是一個韻類，而「弓戎中終宮融」是另一個韻類，
它們雖同在一韻之中，實際的韻母却並不相同，前者爲
〔-uŋ〕，後者爲〔-juŋ〕。

　三、韻攝：等韻學家爲了解釋「切韻系韻書」的語音，
把廣韻206韻歸併爲若干大類，每一大類又按照一定的音理
制成一個或幾個圖表，並用一個字作爲這個「大類」的名稱，
這是一種以「韻」爲基準的「大類」，因此就稱之爲「韻攝」。
一般所謂的韻攝共有十六個，卽通、江、止、遇、蟹、臻、山、
效、果、假、宕、曾、梗、流、深、咸。每一攝所包括的韻
數是不一樣的；所謂「攝」就是總攝許多韻的意思。在同一
攝中所包涵的韻，必須是韻尾相同，韻腹相近的才可以歸併
在一個攝裡。韻攝的作用就是解釋語音系統，分析韻與韻之
間的關係。此外，拿中古的十六韻攝來說，它還反映了漢語

音韻發展變化的情況。

四、韻部：研究上古音韻的人，歸納上古的韻語和形聲字的諧聲偏旁，而得的上古韻之單位，漢語音韻學家都稱之爲「韻部」，如段玉裁歸納上古韻爲十七部，章太炎歸納上古韻爲二十三部，黃季剛歸納上古韻爲二十八部等是。所以「韻部」也是指韻的單位而言的，不過，習慣上這個名稱一向帶有時代性的意義在裡面，稱上古韻的單位爲「韻部」，稱中古韻的單位就不能叫韻部了。

貳、陰聲韻、陽聲韻、入聲韻

在漢語音韻學中，按照各韻收尾的不同，可以把所有的韻分成幾個不同的類型，不過歷來的音韻學家並沒有統一的意見，有人主張把韻分爲「陰」「陽」兩類，有人主張把韻分爲「陰」「陽」「入」三類。不過依實際韻尾的不同來看，中古的韻是有着三種不同的韻尾的。主張兩分的人，是把入聲韻附在陽聲韻中的。茲依三種不同的韻尾分述如下：

一、陰聲韻：所謂陰聲韻是指以元音收尾的字音而言的，如北平話的「他」「t′a」、「灰」〔xuei〕、「蒿」〔xau〕等是。

二、陽聲韻：所謂陽聲韻是指以鼻音收尾的字音而言的，漢語中所用以爲韻尾的鼻音有〔-m〕〔-n〕〔-ŋ〕三種，如廈門話的「金」〔kim〕，客家話的「心」〔sim〕，北平話的「安」〔an〕、「眞」〔tʂen〕，及「黃」〔xuaŋ〕、「通」

〔t'uŋ〕等是。

　　三、入聲韻：所謂入聲韻是指以塞音〔-p〕〔-t〕〔-k〕收尾的字音而言的，如梅縣話的「垃」〔lap〕「圾」〔sap〕；廣州話的「節」〔tʃit〕「鐵」〔t'it〕，梅縣話的「錫」〔siak〕「壁」〔piak〕等是。

叁、舒聲韻、入聲韻

　　漢語音韻學家爲了把陰聲韻和陽聲韻的平上去三個調類的字與入聲韻對稱方便起見，稱陰陽聲韻的平上去聲字爲「舒聲韻」，「入聲韻」則仍其舊稱而不改變，如「屋」韻是「入聲韻」，「東董送」三韻則爲「舒聲韻」。

肆、開尾韻、閉尾韻

　　開尾韻亦稱「開音節」，是指韻尾是元音的字音而言的，所以凡是陰聲韻的字音，一定都是屬於「開尾韻」的。閉尾韻亦稱「閉音節」，是指韻尾以輔音收尾的字音而言的，所以凡是「陽聲韻」和「入聲韻」，一定都是屬於「閉尾韻」的。唯陽聲韻之收〔-m〕韻尾的字音，有些人又特別給以一個名稱，稱之爲「閉口韻」，則其含意與閉尾韻又自不同了。

伍、對轉、旁轉

　　一、對轉：在漢語語音發展的過程中，常有一種現象，那就是陰聲韻轉變爲陽聲韻，或者是陽聲韻轉變爲陰聲韻。

同樣地，入聲有時也會轉變爲陰聲韻或陽聲韻，而陰聲韻和陽聲韻也可轉變爲入聲韻。音韻學家稱這種轉變的現象爲「陰陽對轉」。但是陰聲韻、陽聲韻、入聲韻之間的對轉，並不是任意的，它們之間的轉變是有一定的規律的。首先，對轉有個條件，就是陰陽入聲韻的「主要元音」（即韻腹）必須相同才可以對轉，如陰聲韻中的［a］和陽聲韻中的［an］［am］［aŋ］，它們之間可以對轉；陰聲韻中的［i］和陽聲韻的［in］［im］［iŋ］可以對轉；陰聲韻的［ə］和陽聲韻的［ən］［əm］［əŋ］可以對轉。至於對轉的規律，則是：主要元音不變，韻尾變爲同一發音部位的尾音，或者失落韻尾；如果本來沒有韻尾，就在主要元音後面加一個尾音。例如「特」字，在古代原讀「寺」［ziə］，後來變爲［dək］，現在又讀［t'ə］。從［ziə］到［dək］是陰聲韻轉爲入聲韻；從［dək］到［t'ə］則是韻尾［-k］的消失，而由入聲韻轉爲陰聲韻。又如「等」字古代也讀若［ziə］，現在讀爲［təŋ］，則是由陰聲韻轉到陽聲韻來了。

二、旁轉：所謂「旁轉」是指從某一個陰聲韻轉變到另一個陰聲韻，或是從某一個陽聲韻轉到另一個陽聲韻。如陰聲韻的［a］，舌位稍向高移動一點兒，就會變成［e］，「夜」字的古音是［ia］，今音是［ie］，這就是旁轉，又如陽聲韻的［ɔŋ］稍微開點兒口就成爲［aŋ］，方言中的「江」由古代的［kɔŋ］變爲後來的［kaŋ］是常見的現象，這也是旁轉。

　　三、對轉和旁轉的關係：漢語的對轉，往往是需要先經過旁轉的階段的。例如「慢」字在隋朝時原讀 [man] ，今蘇州音讀 [mɛ] ，由 [man] 轉變爲 [mɛ]，大概需經過旁轉，那就是先由陽聲韻的 [man] 轉變爲 [mɛn]，然後又由 [mɛn] 失去尾音 [-n] 而完成對轉，變成 [mɛ] 音。陽聲韻之變爲陰聲韻，除了以 [-n] 收音的字，可以直接失去 [-n] 尾而變爲陰聲韻外，其餘以 [-m] [-ŋ] 收尾的字，都往往需先把 [-m] [-ŋ] 變成 [-n] 後，才能變成陰聲韻的。如「兼」字古音讀 [kiem] 而今北平音讀 [tɕiæn]，吳語讀 [tɕie]，它的過程是 [kiem] → [tɕiæn] → [tɕie]。

　　四、陰陽對轉之發明：陰陽對轉的現象在古音中早就存在了，如中庸「壹戎衣而有天下」，鄭注說「衣讀如殷，聲之誤也。齊人言殷如衣」。但這種陽聲韻讀爲陰聲韻的現象，直到清代才被發現，且爲之闡揚成爲一套音韻學說。戴震分析古音，已以陰陽相配，但不立陰陽之名稱。至孔廣森，就明言陰陽對轉了。近世章太炎先生作「成均圖」，立下了正對轉、次對轉、近旁轉、次旁轉、交紐轉、隔越轉等名稱，才把陰陽對轉的理論進一步地加以發展。

陸、等呼、洪細

　　一、等：宋元時期，對語音的分析有所謂「四等二呼」之說的，「二呼」容下再述，此處先釋「等」的含義。四等的名稱參考羅常培先生「漢語音韻學導論」及董同龢先生

「中國語音史」則知是等韻學家利用來分別語音之洪細以便制作韻圖的名詞。董先生說：「十六個韻攝，每一個都分四個等，開合口均同……即所謂一等、二等、三等與四等」；羅常培先生說：「其實所謂等者，即指介音〔i〕之有無及元音之弇侈而已……江氏（永）曰：一等洪大、二等次大、三四皆細而四尤細。……今試以語言學術語釋之，則一二等皆無〔i〕介音，故其音大；三四等皆有〔i〕介音，故其音細。同屬大音，而一等之元音較二等之元音略後略低，故有洪大與次大之別，如歌之與麻，咍之與皆，泰之與佳，豪之與肴，寒之與刪，覃之與咸，談之與銜，皆以元音之後〔ɑ〕前〔a〕而異等，同屬細音，而三等之元音較四等之元音略後略低，故有細與尤細之別，如祭之與齊，宵之與蕭，仙之與先，鹽之與添，皆以元音之低〔ɛ〕高〔e〕而異等」。此外，依聲母的顎化現象來看，三等韻的聲母易於顎化，一二四等的聲母不易顎化，因此我們可以假設三四等之間的介音也有不同，那就是：易使聲母顎化的三等韻，其介音應是〔j〕，屬半元音；不易使聲母顎化的四等韻，其介音應是〔i〕，屬純粹元音。

　　二、呼：介音的不同，也就是「呼」的不同；「呼」可以分作狹義的「四呼」和廣義的「兩呼」。

　　1.　狹義的四呼：為「開口呼」、「齊齒呼」、「合口呼」、「撮口呼」。

　　a．開口呼：凡是韻母沒有介音而主要元音又不是

[i][u][y] 的字都叫「開口呼」，如國語「大」[ta]、「可」[kʼɤ]、「蘭」[lan]、「來」[lai]、「梅」[mei]等是。

b. 齊齒呼：凡韻母是用介音[i]或以[i]為主要元音的字，稱之為「齊齒呼」，如國語「尖」[tɕian]、「家」[tɕia]、「夜」[ie]、「賓」[pin]、「皮」[pʼi]等是。

c. 合口呼：凡韻母是用介音[u]或以[u]為主要元音的字，稱之為「合口呼」，如國語「關」[kuan]、「乖」[kuai]、「威」[uei]、「姑」[ku]、「東」[tuŋ]等是。

d. 撮口呼：凡韻母是用介音[y]或以「y」為主要元音的字，稱之為「撮口呼」，如國語「娟」[tɕyan]、「窮」[tɕʼyuŋ]、「韻」[yn]、「魚」[y]等是。

2 廣義的二呼：即「開口呼」和「合口呼」。

a. 開口呼：廣義的「開口呼」包括了狹義的四呼中的「開口呼」和「齊齒呼」兩者；亦即包含了沒有任何介音的韻母和介音或主要元音是[i]的韻母兩者，這兩種韻的韻頭和主要元音都是「展脣」的元音，所以稱之為「開口呼」。

b. 合口呼：廣義的「合口呼」包括了狹義的四呼中的「合口呼」和「撮口呼」二者；亦即包含

了用〔u〕和〔y〕作介音或主要元音的兩種韻母，這兩種韻的韻頭或主要元音都是用「圓脣」的高元音的，所以稱之爲「合口呼」。

三、洪細：「洪細」是漢語音韻學家用以區分語音之洪大或細小的名詞。凡前述四呼中的「齊齒呼」與「撮口呼」的韻母，在漢語音韻學中稱之爲「細音」；凡前述四呼中的「開口呼」和「合口呼」的韻母，在漢語音韻學中稱之爲「洪音」。宋元等韻圖中，洪音都排在一二等，細音都排在三四等，當時的〔y〕介音大約還讀作〔iu〕，所以凡是屬於「細音」的韻母，可以說介音中都是帶有前高元音〔i〕的；屬於洪音的韻母，則其介音中都是不帶前高元音〔i〕的。

第三節　調

壹、聲調的意義及形成的因素

一、聲調的意義：聲調是我們漢語成素中的一大特點，也是每個字音不可缺少的一樣東西，在英語中有所謂「Intonation」的，但與中國語音中的字字都有固定的聲調者不同，「Intonation」是可以隨語句而起變化的，中國語當中的聲調，雖也偶有連音時的變化，但一般來說，還是固定不變的，一般都把聲調譯爲「Tone」，與「Intonation」是迥乎有異的。羅常培先生說：「聲音之構成，由於彈性物體之顫動

(vibration)。在一定時間內，顫動次數(Frequency)多者，則其音「高」；反之，則其音「低」。此種高低之差別，在物理學及樂律學中謂之「音高」(pitch)；在語言學及音韻學中則謂之「聲調」(Tone or Intonation)。漢字之分「四聲」，卽由聲調有高低抑揚之異也」。所以我們簡單地說：聲調卽是漢語每個字的高低抑揚的升降之調。

二、聲調形成的因素：一般觀察語音的現象者，大致可分四方面來觀察。這四方面卽是「音色」「音高」「音勢」「音長」。

1. 音色：「音色」是聲音的一種色彩，發音的工具不同，音色亦異，如簫和琴的聲音不同，卽是音色的不同；男人與女人的發音固也有音高之異，但主要的還是音色的不同，甚且男人與男人之間，女人與女人之間，也有音色上的個別差異。細密一點兒來說，一個人發的音，因爲發音部位和發音方法上的不同，其形成的音色也是不同的，[i][u][y]三個音素的不同，如果不論其脣狀和舌位的話，就是音色上的不同了。音色，一般來說，跟聲調沒有什麼多大的關係。

2. 音高：「音高」在物理上說是聲音形成時，彈性物體顫動的頻率之多寡而產生的，頻率數愈多，則產生的聲音愈高；頻率數愈少，則產生的聲音愈低。在音樂上來說，卽是音階的高度，語言中

的聲調之形成，主要在於音高，例如「媽、麻、馬、罵」四字的不同，主要是音高上的不同。這種音高之異，不在精確地計算發音時的顫動頻率，而是求其在相對比較之下的差異；也就是說，在音高上不必精確到像唱歌，只要求它們相互之間在音位上可以辨義就可以了，所以聲調的值只是一個粗略的比較。也許唱歌有很多人會走調，但說話就沒有人會走調的了。

3. 音勢：「音勢」是指發音的「強」「弱」，在漢語中除了每個字有固定的聲調以外，整句的語言，往往有輕重之異的，形成輕重之異的因素，就是發音的強弱，如古代有本道家的書叫「老子」，北方人叫父親也叫「老子」，這兩個「子」字的輕重音不同，是在音位上佔有辨義的分量的，輕重讀得不對的人，往往引起他人的誤會，這種輕重之異，固然也有音高上的不同，但主要的還是發音強弱的不同。音勢，和聲調並沒有很大的關係。

4. 音長：「音長」是指發音時在那器官上的動作之久暫而言的。聲音的長短，跟我們說話的速度有關，許多語氣的表達，也往往借重語音的長短。漢語方言中的平聲字，發音時間較長；入聲字發音的時間就比較短。所以「音長」多少也總與聲

調有點兒關係。英語中的 [sit] 和 [seat]，如果前者的音標用 [sɪt]，後者的音標用 [sit]，是舌位高低的微細差異；但實際上應該是前者讀 [sit]，後者讀 [si:t]，這種差異，就是音長的不同了。

貳、四聲、調類、調值

一、四聲：「四聲」就是漢語中四種不同的聲調，古人以「平、上、去、入」四個字來作四個聲調的代表，自六朝沿用到現在。「平聲」就是調值與「平」字相當的聲調，「上聲」就是調值與「上」字相當的聲調，「去聲」就是調值與「去」字相當的聲調，「入聲」就是調值與「入」字相當的聲調。這一個聲調系統，以前人都說創自梁朝的沈約、周顒等人，但今日的語言學家都認為聲調系統決不是任何人可以創作的，這是漢語中的一種自然現象，在齊梁之前，早已有之，直到沈約時代才被發現，經他們的提倡，而有意識地運用到詩文中去。梁書沈約傳云：「約撰四聲譜，以為在昔詞人，累千載而不悟，而獨得胸衿，窮其妙旨，自謂入神之作。高祖雅不好焉，嘗謂周捨曰：何謂四聲？捨曰：天子聖哲是也」。魏晉以降，詩文作家最重字音的抑揚高低之調配，因此也就特別留心於四聲的運用。

二、調類：古人的四聲之實際讀法，我們已無可考，現代的漢語方言，每個地區對四聲不同的字，都有自己一套成

系統的讀法，如「東同紅公」等字是一類，「黨躺蕩廣」是一類，「位遂醉備」是一類，「活奪拔札」是一類，這四類不同的字音，每個地方的人都可讀出四個不同的聲調，但這個地方與那個地方的四聲讀法都不相同，我們也不敢確指何地的方言聲調與古代相同。凡是這種知其分類而不知其實際的古代聲調，我們稱之爲「調類」，中古自魏晉以降的調類是四個，自隋唐宋，乃至元明清到現代的方言，漢語的調類還是四個。

　　三、調值：「調值」是指漢語的聲調在某一種實際的方言中所變出來的「音高」之「值」，所以如果沒有實際可聞的語言，是無法論其「調值」的，我們雖知古人說的也是漢語，但古人說話的眞實聲音却無法聽到，因此我們只知古人的調類是四個，「調值」却無法紀錄。現代的語言，因有眞人發音，所以就可紀錄他們說話時所表現的每個字的調值，如北平人、廈門人陰平的「調值」是「55」的高平調，蘇州、成都、福州人則都是「44」的半高平調，揚州却是「31」的中降調，這是實際語言中升降抑揚的調值，不能聽到的語言是無法知其聲調之「值」的。

叁、陰聲調、陽聲調

　　四聲又因受聲母清濁的影響而分爲陰聲調與陽聲調兩種，俗稱「四聲八調」，「四聲」是指「平、上、去、入」四個調類；「八調」是指平聲又分「陰平」「陽平」，上聲又分

「陰上」「陽上」，去聲又分「陰去」「陽去」，入聲又分「陰入」「陽入」，一共是八個不同的聲調。

一、陰聲調：凡聲母是清音的字，其形成的聲調就叫「陰聲調」，計有「陰平」「陰上」「陰去」「陰入」四個，如「東、董、凍、篤」四字都是清聲母「端」〔t-〕母字，所以都是陰聲調的字。

二、陽聲調：凡聲母是濁音的字，其形成的聲調就叫「陽聲調」，計有「陽平」「陽上」「陽去」「陽入」四個，如「同、動、洞、毒」四字都是濁聲母「定」〔d-〕母字，所以都是陽聲調的字。

肆、入派三聲、平入混

一、入派三聲：這是指漢語自元代的「中原音韻」之後，北方官話中入聲調消失了塞音韻尾，而一概變成陰聲韻，有些入聲調的字變為陰聲韻中的「陰平調」，如國語中的「郭、帖、濕、黑」等是；有些入聲調的字變為陰聲韻中的「陽平調」，如國語「俗、笛、直、核」等是；有些入聲調的字變為陰聲韻中的「上聲調」，如國語「甲、塔、雪、角」等是；有些入聲調的字變為陰聲韻中的「去聲調」，如國語「設、日、壁、目」等是。因為入聲調消失，而分別地分派到「平、上、去」三個聲調當中去了，因此北方人都稱這個音變的現象為「入派三聲」。

二、平入混：這也是中國北方人的一句話，因為作「近

體詩」時必須明辨格律，律詩絕句一向把字音分爲「平」「仄」二種，詩句當中必須平仄調和，才算是合乎格律，否則就是不合格律的。中國北方人，旣自元代開始已消失了「入聲調」，而入聲調又分別派到「平上去」中去了，則單單只會講北方官話的人，對「平仄」的分辨就有了困難。「平仄」之區分是：凡「陰平」「陽平」都是「平」，「上聲」「去聲」「入聲」都是「仄」，北方官話的「入聲」旣已派入「平、上、去」，則其讀法與平聲相同的一部分「入聲字」，北方官話區的人就分不開了，也就不能辨其平仄了，如「低滴」「扶伏」「枯哭」「欺七」「希吸」等字，在北平人來說是平仄莫辨的，因此他們稱這種現象爲「平入混」。

伍、調値標號、國語調號

一、調値標號：現時所用的「調値標號」，都是採用趙元任先生所創的「五點制」，「五點制」就是：立一豎線座標，平分爲四等分，計有五點，如圖一；若某聲調爲「55」，則其標號如圖二；若某聲調爲「315」，則調其値如圖三。

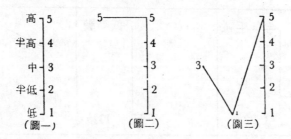

(圖一)　(圖二)　(圖三)

　　比較各種聲調的高低，用最低點與最高點作依據，「1」是「低」，「2」是「半低」，「3」是「中」，「4」是「半高」，「5」是「高」。由「1」到「5」是代表音樂中的「音高」，「音高」是指相對比較的音階高度之差別，由左到右的「平線」或「斜線」是代表發音時音高升降或平引的「時間」，可分為「平」、「升」、「降」、「升降」、「降升」五種，如果由「1」到「5」是代表「Do.Re.Mi.Fa.Sol」的話，「Mi」「Fa」之間不該是音樂中的「半音」，而應該是與「Do.Re.Mi」相等的「等高」的「全音階」，而且兩個音階之間的升降不是跳過去的「音高」的「點」，而是滑過去的「音高」的「面」，所以表現調值不宜用「鋼琴」，而宜於用單弦的胡琴或 violin。一個簡單的聲調分類及調值標號如下：

高平調	半高平調	中平調
（55）	（44）	（33）
半低平調	低平調	高升調
（22）	（11）	（45）

中升調　　（ 35 ）	低升調　　（ 25 ）	全升調　　（ 15 ）
高降調　　（ 53 ）	中降調　　（ 31 ）	低降調　　（ 21 ）
全降調　　（ 51 ）	高降升調　（ 545 ）	中降升調　（ 313 ）
低降升調　（ 212 ）	高升降調　（ 454 ）	中升降調　（ 343 ）
低升降調　（ 121 ）		

二、國語調號：國語的陰平調是「55」的「高平調」，陽平調是「35」的「中升調」，上聲調是「315」的「降升調」，去聲調是「51」的「全降調」。

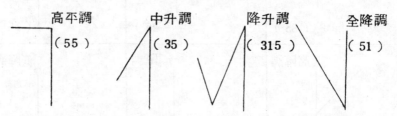

高平調	中升調	降升調	全降調
（55）	（35）	（315）	（51）

國語的上聲調是「降升調」，因聲調的值是相對的差別，而不是絕對的音高，所以有些人說是「315」，也有些人說是「214」，但在音位的辨義上來說，根本不影響辨義，所以你要主張「214」也是可以的。至於每個人的音高，也是各有不同的，也許你的起點是C調的Do，我的起點是F調的Do，他的起點是高八度的C調Do，那都不影響辨義；只要他本人在四個調值間有相對的差別就夠了。

第四節　反　切

壹、反切之前的注音法

一、譬況法：古人譬況字音之法，有所謂「長言之」「短言之」「緩氣言之」「急氣言之」「內而深」「外而淺」等。此外又如淮南子地形訓注云「涔讀延話曷問，急氣閉口言也」。釋名釋天云「風，豫司兗冀橫口合脣言之，風，氾也；青徐言風，踧口開脣推氣言之，風，放也」。又釋天云

「天，豫司兗冀以舌腹言之，天，顯也；青徐以舌頭言之，天，坦也」。此所謂「閉口言之」「橫口合脣言之」「蹴口開脣推氣言之」「舌腹言之」「舌頭言之」，也都是譬況字音的方法。

二、讀若法：「讀若」是古人注音的一種方法，有時亦稱「讀如」或「讀與某同」，如說文：「自讀若鼻」，也可寫作「自讀如鼻」，是說「自」字的音讀起來像「鼻」字之音的意思。又說文：「玜，从玉厶聲，讀與私同」，段玉裁注解說：「凡言讀與某同者，亦即讀若某也。」另外又有一種與「讀如」稍異的是「讀為」，讀為有時又作「讀曰」，這是把通假字讀回本字的意思，如「不亦說乎？」就會注成「說讀為悅」或「說讀曰悅」，那是說明「說」字的音和義都應當作「悅」唸，作「悅」解釋的意思，這與「讀若」很相近，但不完全相同。如禮記聘義「孚尹旁達」一句，鄭注「孚讀為浮，尹讀為竹筠之筠」是也。

三、直音法：「直音」與「讀若」並不完全相同，「讀若」有時只取其近似之音，「直音」則兩字之音應完全相同。「直音」之法據推測應在反切注音之前，如「撓」廣韻又音「蒿」，「訂」李軌音「亭」，「趀」向秀音「疇」，「憧」徐邈音「童」等是。

四、譬況、讀若、直音諸法之弊：譬況之法，用語往往模稜，令人難以捉摸其正確的真意；讀若與直音則往往會發生找不到同音字來注音之苦，即令勉強找到了，又可能是一

個比「被注音的字」更繁難的僻字；或者有時以甲音乙，又反過來以乙音甲，結果甲乙兩個字都是不認識的僻字，注了音却等於未注。這就是譬況、直音、讀若之弊，也是使人們興起改革注音方式的原因之一。

貳、反切的意義及原始

一、反切的意義：羅常培「漢語音韻學導論」云：

> 反切者，合二字以為一字之音，所以濟直音之窮也。顧炎武音論云：「禮部韻略曰：音韻展轉相協謂之反，亦作翻，兩字相摩以成聲韻謂之切」。其實一也，反切之名，自南北朝以上皆謂之反，孫愐唐韻則謂之切，蓋當時諱反字。

以前帝王政治，懼人作亂造反，所以諱言「反」字，而改之為「翻」或「切」的，如九經字樣「蓋」音「公害翻」，唐韻「東」音「德紅切」是也。九經字樣又有用「紐」的，如「殳，平表紐」，「紐」亦「反」也，亦「切」也。無論稱「反」也好，稱「翻」、稱「切」、稱「紐」也罷，都只是告訴我們「用二字拼一字之音」的方法而已，別無其它含義。有人勉強解釋「反切」二字為「反覆切摩」之義，解得雖似有理，但終不免於穿鑿附會。

二、反切之原始：

1. 始於先秦說：有以為先秦典籍中「不可」為「叵」，「而已」為「耳」，「之乎」為「諸」，「之焉」

爲「旃」等是反切之原始，但近人均不以爲然，
都說那只是兩個字的順乎自然之結合，和北平人
說「不用」爲「甭」，蘇州人說「勿曾」爲「分」
是一樣的，算不得是反切的拼音。

2. 始創於孫炎說：

　a. 顏氏家訓音辭篇云：

　　　孫叔然創爾雅音義，是漢末人獨知反語。至於
　　　魏世，此事大行，高貴鄉公不解反語，以爲怪
　　　異。

　b. 陸德明經典釋文敍錄云：

　　　古人音書，止爲譬況之說，孫炎始爲反語，魏
　　　朝以降漸繁。

　c. 張守節史記正義論例云：

　　　先儒音字，比方爲音，至魏秘書孫炎始作反音。

3. 始於東漢之世說：章太炎先生云：

　　經典釋文序例謂漢人不作音，而王肅周易音則序
　　例無疑辭，所錄肅音用反語者十餘條。尋魏志肅
　　傳云：肅不好鄭氏，時樂安孫叔然授學鄭氏之門
　　人，肅集聖證論以譏短玄，叔然駁而釋之。假令
　　反語始於叔然，子雍豈肯承用其術乎？又尋漢地
　　理志廣漢郡梓橦下，應劭注：沓水所出，南入墊
　　江，墊音徒浹反；遼東郡沓氏下，應劭注：潼水
　　也，音長答反。是應劭時已有反語，則起於漢末

也。

4. 反切之法啟示於梵文拼音：國人有意地使用兩個
字來拼一個字的音，據上文 1. 2. 3. 條所述，知是
導源於東漢，而盛行於六朝。其時正當佛經傳入
中國，國內的文人學士，受印度梵文拼音的影響，
漸漸地明白了字音是可以分析的，於是用反切法
來拼注字音，以補救那有時而窮的直音。六朝以
降，音義之學特盛，而反切注音法也就因此而大
量地被人們採用了。

叁、反切之規律

一、雙聲疊韻之含義：反切之法，上字取其聲，下字取
其韻，所以「反切上字」要與「被注音字」雙聲，「反切下
字」要與「被注音字」疊韻。

1. 雙聲：凡兩個字的聲母相同叫做「雙聲」，如
「高岡」〔kau〕〔kaŋ〕，聲母都是〔k-〕；
「蜘蛛」〔tʂï〕〔tʂu〕，聲母都是〔tʂ-〕；
「顛倒」〔tian〕〔tau〕，聲母都是〔t-〕是
也。

2. 疊韻：凡兩個字的韻母相同叫做「疊韻」，如「螳
螂」〔t'aŋ〕〔laŋ〕，韻母都是〔-aŋ〕；「叫嘯」
〔tɕiau〕〔ɕiau〕，韻母都是〔-iau〕；「崑崙」
〔k'un〕〔lun〕，韻母都是〔-un〕是也。

二、反切上字之與清濁：反切上字既是定「被切字」之聲的，所以反切上字的聲母之清濁要與「被切字」的聲母之清濁完全相同。也就是說，反切上字的聲母要與「被切字」的一切「凡聲母所當具之條件」完全相同，古人或有以「溝渠」二字爲「雙聲」者，但這是廣義的雙聲，只是發音部位相同，清濁不同，不能算聲母完全相同，所以反切上字與「被切字」的雙聲，是指聲母完全相同的、狹義的雙聲而言的。

三、反切下字之與四聲、開合、等第、及韻腹、韻尾：反切下字既是定「被切字」之韻的，則其平上去入、開齊合撮，一二三四等，韻腹、韻尾均須完全相同，縱或偶有變通的切語，那是因爲找不到完全合適的切語下字，變通代用，是一種特殊現象，不能列入正規切語來討論，正規切語的下字，與「被切字」的韻母是必須毫釐不差的。茲舉例分項說明如下：

1　四聲：如「東，德紅切」，「東」爲「平聲」，「紅」亦必須「平聲」。至於有些人以爲「東」是「陰平」，「紅」是「陽平」，似乎不合，那是誤會，因爲「陰聲調」「陽聲調」是取決於聲母之清濁，跟韻母無關，「德」是清聲母，拼出來的韻一定是「陰平」，決不會受「紅」的濁聲母之影響的。

2　開合：前舉「東」的韻與「紅」的韻一樣，都是

［-uŋ］，都是合口呼，是完全相合的；如果一個
開口，一個合口就不算合適了。

3. 等第：「東」和「紅」的韻母都是「一等韻」，
是完全相合的。又因爲同韻同等，所以韻頭也必
相同。

4. 韻腹：「東」與「紅」的韻腹也就是它們的韻頭
都是［-u-］，是完全相同的。

5. 韻尾：「東」與「紅」的韻尾都是舌根鼻音［-ŋ］，
是完全相同的。

肆、反切注音之應注意點

一、時代觀念：自康熙字典以來，辭海、辭源等工具書
的注音，除直音外，便是反切注音，其中的切語，或用廣韻，
或用集韻、五音集韻，甚或用平水韻、音韻闡微，却沒有音
標注音，昧於反切方法的人，如不認識直音注音的字，就無法
切出「反切」拼音的音，或者有些精通現代注音符號的人，
用「上字取其聲、下字取其韻」之法，把上下字都先注好注
音符號，然後取下聲母和韻母，結果拼出意料之外的可笑之
音，如「方願」切「販」，得的音是「ㄈㄩㄢˋ」；「昌悅」
切「啜」，得的音是「ㄔㄩㄝˋ」；「徒沃」切「毒」，得的
音是「ㄊㄨㄛˋ」；「許竹」切「蓄」，得的音是「ㄒㄨˊ」。
一則是忽略了語音的變化，一則是忽略了反切拼音的時代。
而且自六朝以來，就已制作切語，直到清代，仍在制作改訂

切語，但千餘年的歲月中，切語雖有修訂，却並沒有依據當代的語音來改訂注音，所以即使是清代的音韻闡微中的切語，却仍是切韻中心時代——隋唐時的語音，如果我們拿一個代表隋代語音的切語，把上下字注上今日的注音符號，然後再「上字取其聲，下字取其韻」，而把它們拼在一起，其湊巧與現代語音相合的固然也有；但奇異而不合現代語音的必也很多。所以「時代」的觀念不可忽略，音變的現象不可漠視。一個隋代的音切，須知其「上字」和「下字」都宜讀隋代之音，然後取上字之隋代聲，下字之隋代韻，拼出來以後是等於隋代之音，而非現代之音，能知這個道理，就不會用現代的音讀去取古代音切中的聲韻之音值了。

二、切音之法：有人以爲，切語之法，是把切語上下兩個字，用很快很急的讀法，把兩個字的音合拼爲一個音，就是反切拼音之法。這是完全不明切語之法的想法，「欺烟」切「牽」，「基因」切「巾」，用快讀之法，固可得其合音，但經過這種改良的切語很少，正統的韻書，都還是切韻系的切語，如「古定」切「徑」，「五堅」切「研」，「烏關」切「彎」等，上字附着一個沒有作用的「韻」，下字附着一個沒有作用的「聲」，想以快讀之法得其合音是不可能的。又有人以爲反切拼音是把上下二字反覆讀上一二十遍，到最後自然就可得其合音，事實上，上字的韻、下字的聲，還是不必要的牽連在內，如果不知分析字音，不能做到「上字取其聲，下字取其韻」，只憑快讀而欲得其音切，是一個錯誤

的想法，這是不可不知的。

　　三、古代的音值：有人藉着三十六字母、等韻圖的開合、四等；切語上下字所系聯的類、各地方言的讀音之相互比較，擬測出一套中古或上古的聲韻之音值，不明語音實況的人，以爲那就是中古或上古的眞正準確之讀音，這又是一個錯誤的觀念，擬測的音，只是構擬推測所得的結果，很難完全符合古人的音值的，而且古代也有方言之別，擬測所得的音值，究竟等於南方音抑或北方音；是靑徐音抑或是兗冀音，都是無法確定的，所以擬測之音，只能藉助於研究分析古代語音之用，是可信而不可深信的。

附錄：標注國語的各式音標簡介

壹、國語第一式標號的形式

國語注音符號第一次由教育部公布，是在民國七年十一月二十三日，當時稱之爲「注音字母」，其順序是：

聲母二十四個：ㄍㄎㄫ ㄐㄑㄏ ㄉㄊㄋ ㄅㄆㄇ ㄈㄪ ㄗㄘㄙ ㄓㄔㄕ ㄏㄒ ㄌㄖ

韻母十二個：ㄚㄛㄝㄞㄟㄠㄡㄢㄣㄤㄥㄦ

民國八年四月六日，教育部又依據國語研究會的呈請，照音類次序公布如下：

ㄅㄆㄇㄈㄪ ㄉㄊㄋㄌ ㄍㄎㄫㄏ ㄐㄑㄏㄒ ㄓ ㄔㄕㄖ ㄗㄘㄙ ㄧㄨㄩ ㄚㄛㄝ ㄞㄟㄠㄡ ㄢㄣㄤ ㄥ ㄦ

民國九年五月二日，國語統一籌備會開會商議後，分「ㄛ」爲二，一仍作「ㄛ」，另製一符號，即把「ㄛ」的第二筆拉長越出於一橫之上而成「ㄜ」，其次序則列於「ㄛ」之後。

民國十七年九月二十六日，大學院又公布羅馬字拼音法式，與注音字母並行，稱之爲「國音字母第二式」，而注音字母則稱之爲「國音字母第一式」。

　　民國十九年四月二十九日，國民政府行政院以爲稱「字母」不甚恰當，於是公布改「注音字母」之稱爲「注音符號」。

　　民國二十年，國語統一籌備會又決定把「ㄧㄨㄩ」列在所有韻母的最後。

　　民國三十一年五月重新修訂，把「万」「广」「兀」等三母在發音表上排列時，加上一個括號，並附注說明加「( )」者國音不用，其符號爲「蘇音」所遺留。

　　玆列國語第一式（注音符號）的寫法及其符號之說明如下：

一、聲　母

　　ㄅ　　（幫），取形於篆文「ㄅ」字，義爲包裹之包，
　　　　　布交切，讀若博（寫法一筆，收筆帶鉤）。

　　ㄆ　　（滂），取形於篆文「ㄆ」字，小擊也。普木切，
　　　　　讀若潑（寫法爲兩筆作ㄆ，不可寫作四筆攵）。

　　ㄇ　　（明），取形於篆文「ㄇ」字，覆也。莫狄切，
　　　　　讀若墨（兩筆，末筆不可寫出鉤）。

　　ㄈ　　（非），取形於篆文「ㄈ」字，受物之器，卽古之
　　　　　「方」字。府良切，讀若弗（兩筆，連接處不可
　　　　　出頭）。

　　万　　（微），取形於「萬」之簡字。無販切，讀若蘇
　　　　　音物（三筆）。

ㄉ　（端），取形於篆文「刀」字，古兵器之一。都牢切，讀若德（寫法爲兩筆完成，首筆收尾有鉤，作「勺」者誤）。

ㄊ　（透），取形於篆文「ㄊ如其來」之「ㄊ」，義同「突」。他骨切，讀若特（三筆完成，作「云」者誤）。

ㄋ　（泥），取形於篆文「乃」字，象氣出之難。奴亥切，讀若訥（一筆寫成，上橫稍長，作「了」者誤）。

ㄌ　（來），取形於篆文「力」字，人之筋力也。林直切，讀若勒（二筆寫成，寫作三筆「ㄌ」者誤）。

ㄍ　（見母洪音），取形於篆文「澮」字，小流也。古外切，讀若格（兩筆）。

ㄎ　（溪母洪音），取形於篆文「ㄎ」字，氣欲舒出，ㄅ上礙於一也。苦浩切，讀若客（兩筆）。

ㄫ　（疑），取形於篆文「兀」字，高而上平也。五忽切，讀若蘇音額（三筆寫成）。

ㄏ　（曉母洪音），取形於篆文「厂」字，山側之可居處也。呼旰切，讀若黑（兩筆，連接處不可出頭）。

ㄐ　（見母及精母細音），取形於篆文「ㄐ」字，即「糾纏」之「糾」的本字。居尤切，讀若基（兩

筆）。

ㄑ　（溪母及清母細音），取形於篆文「ㄑ」字，卽
　　「甽畎」之「畎」的古字，義爲小水溝。苦泫切，
　　讀若欺（一筆寫成，作「ㄥ」者誤）。

ㄏ　（娘），取形於篆文「ㄏ」字，因崖爲屋也。魚
　　儉切，讀若蘇音尼（三筆）。

ㄒ　（曉母及心母細音），取形於篆文「下」字，卽
　　上下之下。胡雅切，讀若希（兩筆）。

ㄓ　（知、照），取形於篆文「之」字，卽「之」之
　　古寫。眞而切，讀之（三筆寫成，首筆ㄩ，作
　　「ㄓ」者誤）。

ㄔ　（徹，穿），取形於篆文「ㄔ」字，小步也。丑
　　亦切，讀若癡（三筆）。

ㄕ　（審），取形於篆文（尸），象人臥之形。式之
　　切，讀尸（三筆寫成，末筆與首筆不接連，作
　　「尸」者誤，亦可一筆寫成作ㄕ）。

ㄖ　（日），取形於古文「日」字，太陽也。人質切，
　　讀若日（三筆寫成，首筆作ㄥ，次筆作ㄱ，中間
　　一點，不可用短橫）。

ㄗ　（精母洪音），取形於篆文「節」字，卽「節」
　　之古字，象人體躬身屈節爲禮。子結切，讀若資
　　（二筆）。

ㄘ　（清母洪音），取形於古文「七」字，數之七也。

親吉切，讀若疵（二筆，末筆無鉤）。

ㄙ　（心母洪音），取形於古文「ㄙ」字，卽自私之
私的古文。相姿切，讀私（二筆）。

二、韻　母：

ㄚ　取形於篆文ㄚ字，物之歧頭者謂之ㄚ。於加切，
讀若阿（三筆）。

ㄛ　篆文「呵」的本字。虎何切，讀若疴（三筆，作
二筆亦可）。

ㄜ　據「ㄛ」而使次筆出頭，未據任何古文，係新創
之符號。讀若鵝（三筆，亦可作二筆，中直連下，
不可作點，作「ㄛ」者誤）。

ㄝ　據篆文「也」字而取其形，卽「也」字。羊者切，
讀若也之韻母（三筆）。

ㄞ　取形於古文亥字，亥義爲荄，荄卽草根。胡改切，
讀若哀（三筆，末筆無鉤）。

ㄟ　取形於篆文ㄟ字，流也。余之切，讀若威之韻母
（一筆完成，上有短橫）。

ㄠ　取形於篆文幺字，小也。於堯切，讀若傲平聲
（三筆）。

ㄡ　取形於篆文又字，手也。于救切，讀若謳（兩
筆）。

ㄢ　取形於篆文㔾字，含深也。乎感切，讀若安（二

筆，末筆無鉤）。

ㄅ　　取形於古文隱字，匿也。於謹切，讀若恩（一筆，末尾無鉤）。

ㄤ　　取形於篆文ㄤ字，曲脛人，跛足也。烏光切，讀若昂（三筆，末筆無鉤）。

ㄥ　　取形於古文肱字，象曲肱之形。古薨切，讀若翰（一筆）。

ㄦ　　取形於古文奇字的「人」字，義爲人。而鄰切，讀若兒（二筆，首筆直撇，末筆無鉤）。

一　　卽一二三之一，數之始也。於悉切，讀若衣（一筆）。

ㄨ　　取形於古文「五」字，數也。疑古切，讀若烏（二筆）。

ㄩ　　取形於古文ㄩ字，筥簾，飯器名。去魚切，讀若迂（二筆）。

貳、各音位的音值與音質特徵

茲將國語音位分輔音和元音兩方面分別配以國際音標的標準音值，用下列十一項音質特徵，排列其音質方陣如下：

一、輔　音：

ㄅ	ㄆ	ㄇ	ㄈ	ㄉ	ㄊ	ㄋ	ㄌ	ㄍ	ㄎ	ㄫ	ㄏ	ㄗ	ㄘ	ㄙ	ㄓ	ㄔ	ㄕ	ㄖ	ㄐ	ㄑ	ㄒ	ㄧ	ㄨ	ㄩ
p	p'	m	f	t	t'	n	l	k	k'	ŋ	x	ts	ts'	s	tʂ	tʂ'	ʂ	ʐ	tɕ	tɕ'	ɕ	j	w	y

	ㄅ	ㄆ	ㄇ	ㄈ	ㄉ	ㄊ	ㄋ	ㄌ	ㄍ	ㄎ	ㄫ	ㄏ	ㄗ	ㄘ	ㄙ	ㄓ	ㄔ	ㄕ	ㄖ	ㄐ	ㄑ	ㄒ	ㄧ	ㄨ	ㄩ
1.阻擦	+	+	+	+	+	+	+	+	+	+	+	+	+	+	+	+	+	+	+	+	+	+	+	+	+
2.有聲	—	—	+	—	—	—	+	+	—	—	+	—	—	—	—	—	—	—	+	—	—	—	+	+	+
3.音節	—	—	—	—	—	—	—	—	—	—	—	—	—	—	—	—	—	—	—	—	—	—	—	—	—
4.吐氣	—	+	—	—	—	+	—	—	—	+	—	—	—	+	—	—	+	—	—	—	+	—	—	—	—
5.變質	—	—	—	—	—	—	—	—	—	—	—	—	—	—	—	—	—	—	—	—	—	—	—	—	—
6.破裂	+	+	—	—	+	+	—	—	+	+	—	—	—	—	—	—	—	—	—	—	—	—	—	—	—
7.閉塞	+	+	+	—	+	+	+	—	+	+	+	—	+	+	—	+	+	—	+	+	—	—	+	+	—
8.摩擦	—	—	—	+	—	—	—	+	—	—	—	+	+	+	+	+	+	+	+	+	+	+	±	±	±
9.鼻音	—	—	+	—	—	—	+	—	—	—	+	—	—	—	—	—	—	—	—	—	—	—	—	—	—
10.滑舌	—	—	—	—	—	—	—	—	—	—	—	—	—	—	—	+	—	—	—	—	—	—	—	—	—
11.移動	—	—	—	—	—	—	—	—	—	—	—	—	+	+	—	+	+	—	—	+	+	—	—	—	—

二、元　音：

ㄭ		ㄧ	ㄨ	ㄩ	ㄚ	ㄛ	ㄜ	ㄝ	ㄞ	ㄟ	ㄠ	ㄡ
ɿ	ʅ	i	u	y	a	o	ə	ɤ	e	ai	ei	au	ou

	ɿ	ʅ	i	u	y	a	o	ə	ɤ	e	ai	ei	au	ou
1.阻擦	—	—	—	—	—	—	—	—	—	—	—	—	—	—
2.有聲	+	+	+	+	+	+	+	+	+	+	+	+	+	+
3.音節	+	+	+	+	+	+	+	+	+	+	+	+	+	+
4.前部	+	—	+	—	+	±	—	±	—	+	+	+	—	—

	1	2	3	4	5	6	7	8	9	10	11	12	13	14
5. 後部	−	+	−	+	−	±	+	±	+	−	−	−	+	+
6. 高部	+	+	+	+	+	−	+	±	+	+	±	+	±	+
7. 低部	−	−	−	−	−	+	−	±	−	−	±	−	±	−
8. 舒鬆	−	−	−	−	−	±	+	+	+	±	±	±	+	±
9. 緊張	+	+	+	+	+	±	−	−	−	±	±	±	+	±
10. 圓脣	−	−	−	+	−	+	−	±	−	+	±	−	±	+
11. 移位	−	−	−	−	−	−	−	−	−	−	+	+	+	+

叁、各式音標的名稱

一、注音符號

　　此式符號爲國語各式音標中最「本國化」的，符號本身採用國字筆劃的寫法，而發音則本於各符號淵源於古文篆文時的本音而來的。此式符號最早公布於民國七年十一月二十三日，其後有多次的修訂和改易名稱，至民國十九年四月廿九日始確定其名稱爲「國語注音符號」（參見前文「壹」）。

二、譯音符號

　　民國十二年，國語統一籌備會組成「羅馬字母拼音研究委員會」；民國十五年十一月九日公布「國語羅馬字拼音法式」。民國十七年九月二十六日，國民政府大學院據國語統一會所呈報的「羅馬字拼音法式」，頒行實施，名之爲「國

音字母第二式」；民國二十九年十月行政院旣改「國音字
母」爲「注音符號」，則原公布的「國音字母第二式」也因
此而感覺不妥，乃決定改「第二式」爲「譯音符號」。

三、韋吉耳式

國語羅馬字拼音的符號，除前述的「譯音符號」以外，
尚有韋‧湯馬斯──吉耳斯的羅馬字拼音法式（Wade-Giles
System of Romanization），簡稱爲「韋吉耳式」。此式符號
爲英國駐華公使韋‧湯馬斯（Sir Thomas Francis Wade）於
1959 年所制作，韋氏著有「語言自邇集」（ 1867 ），這一
式拼音方法，就收錄在「語言自邇集」當中。後來吉耳斯
（Herbert A. Giles)於 1912 年爲之修訂，編印了一本漢英字
典。1931 年的麥氏漢英大辭典（Mathews' Chinese-English
Dictionary） 就是用「韋吉耳」式的符號編成的。當今，中
華民國官方拼譯本國的人名地名，都是以「韋吉耳式」(Wade-
Giles System)爲標準的。

四、漢語拼音式：

這是我國大陸赤化之後，在 1956 年由中共的「文字改
革委員會」中的「拼音小組」所研訂出來的一套符號。符號
內容並沒有什麼特殊，只是中共的一批語音學者參照以往的
「韋吉耳式」、「國語譯音符號」及「耶魯拼音式」所擬訂
出來的一套符號，於1956年二月二十日的人民日報上公布，

原是爲漢字羅馬化作舖路之用的，後來，全面改革文字完全失敗，這一套漢字羅馬化也就淪爲「譯音符號」的地位了。但自我國於 1971 年 10 月 25 日退出聯合國以後，中共便以這套符號編印海外使用的華語教材，向外國大量傾銷，近年來有許多國際間的中文譯音都已改用這套符號了，如「大英百科全書」中的中國地圖，其中的地名就全用的是「漢語拼音」。

五、耶魯拼音式

原名 Yale System ，這是第二次世界大戰期中，美國政府爲了派遣大批的空軍到遠東參與戰事，要訓練這一批人懂得一點兒中國話，於是跟耶魯大學合辦了一個「遠東語文學院」，編了一套「Mirror Series」的教材，其中有基本的會話、讀本、詞彙及補充讀物等，教材的拼音方式是根據「國語譯音符號」、「韋吉耳式」等不同的國語拼音法式擬訂而成的一套拼音式。

六、新注音符號第二式

這是最新的一套國語羅馬字拼音法式。教育部有鑑於早年公布之譯音符號，因以字母拼法之變化來表現四聲之不同，其方法複雜而難普遍使人接受，且若干聲母及韻母符號亦不合歐美人士習慣，以致使國內外學習我們語文之外籍人士或僑胞子弟甚感不便。經於民國七十三年二月邀請國內精通語

文之專家學者，成立「修訂國語注音符號第二式專案研究小組」，進行比較分析研究，再配合以民國七十三年二月十八日教育部社教司周作民司長所主持之座談會結論：①以國民政府制定公布之羅馬譯音符號聲韻母系統爲主；②採用注音符號之四聲調號，而不採用原設計之以字母變化來表示四聲之拼法。予以縝密之分析研究，特重我國國語語音之特性、羅馬譯音拼音之習慣、書寫印刷之美觀與便捷，並配合海內外中國語文教材之編輯，而決定將原公布之「譯音符號」略加修訂，而成一套最新的國語羅馬字拼音符號，名之爲「國語注音符號第二式」，於民國七十三年五月十日臺（73）社17698 號公告全國國民試用一年，採用各方建議檢討修正後，復於民國七十五年一月二十八日臺（75）社字第 03848 號公告正式使用。茲錄原公告如下：

公　　告

中華民國七十五年一月廿八日

台（75）社字第〇三八四八號

教育部公告

主旨：公告「國語注音符號第二式」，自公告之日起正式使用。

說明：一、本「國語注音符號第二式」係修訂民國二十九年所公布之「譯音符號」。

二、「國語注音符號第二式」自民國七十三年五月十日台（73）社字第一七六九八號公告試用一年，已試用期滿，經檢討修正，茲公告正式使用。

三、附「國語注音符號第二式」於後。

一、國語注音符號第二式

國語注音符號第二式			
(一)聲母			
唇　音	b　　　p	m	f
舌尖音	d　　　t	n	l
舌根音	g　　　k	h	
舌面音	j(i)　ch(i)	sh(i)	
翹舌音	j　　　ch	sh	r
舌齒音	tz　　ts	s	
(二)韻母			
單韻(一)	r,z		
單韻(二)	i,yi　u,wu	iu,yu	
單韻(三)	a　　　o	e	ê
複　韻	ai　　ei	au	ou
聲隨韻	an　　en	ang	eng
捲舌韻	er		
(三)結合韻母（前有聲母時用）			
齊齒呼	ia　　io　　ie		
	iai　iau　iou		
	ian　in　iang	ing	
合口呼	ua　　uo　　uai	uei	
	uan　uen　uang	ung	
撮口呼	iue　iuan　iun	iung	
(四)聲調			
陰平聲	ー		
陽平聲	╱		
上　聲	∨		
去　聲	＼		
輕　聲	（不加）		

附注：一、韻母中之單韻(一)係舌尖元音，單韻(二)係可作介音用之
　　　　高元音，單韻(三)係開口呼之單元音。
　　　二、結合韻母無聲母相拼時，拼法見說明第七條。

二、國語注音符號第二式與第一式對照表

	國語注音符號第一式				國語注音符號第二式			
(一)聲母								
唇 音	ㄅ	ㄆ	ㄇ	ㄈ	b	p	m	f
舌尖音	ㄉ	ㄊ	ㄋ	ㄌ	d	t	n	l
舌根音	ㄍ	ㄎ	ㄏ		g	k	h	
舌面音	ㄐ	ㄑ	ㄒ		j(i)	ch(i)	sh(i)	
翹舌音	ㄓ	ㄔ	ㄕ	ㄖ	j	ch	sh	r
舌齒音	ㄗ	ㄘ	ㄙ		tz	ts	s	
(二)韻母								
單韻(一)	(帀)				r, z			
單韻(二)	ㄧ	ㄨ	ㄩ		i,yi	u,wu	iu,yu	
單韻(三)	ㄚ	ㄛ	ㄜ	ㄝ	a	o	e	ê
複 韻	ㄞ	ㄟ	ㄠ	ㄡ	ai	ei	au	ou
聲隨韻	ㄢ	ㄣ	ㄤ	ㄥ	an	en	ang	eng
捲舌韻	ㄦ				er			
(三)結合韻母（前有聲母時用）								
齊齒呼	ㄧㄚ	ㄧㄛ	ㄧㄝ		ia	io	ie	
	ㄧㄞ	ㄧㄠ	ㄧㄡ		iai	iau	iou	
	ㄧㄢ	ㄧㄣ	ㄧㄤ	ㄧㄥ	ian	in	iang	ing
合口呼	ㄨㄚ	ㄨㄛ	ㄨㄞ	ㄨㄟ	ua	uo	uai	uei
	ㄨㄢ	ㄨㄣ	ㄨㄤ	ㄨㄥ	uan	uen	uang	ung
撮口呼	ㄩㄝ	ㄩㄢ	ㄩㄣ	ㄩㄥ	iue	iuan	iun	iung
(四)聲調								
陰平聲	（不加）				ㄧ			
陽平聲	／				／			
上 聲	˅				˅			
去 聲	ˎ				ˎ			
輕 聲	·				（不加）			

三、拼法說明

（一）聲母符號 b、d、g、j（i）、j、tz 為清音不送氣；p、t、k、ch（i）、ch、ts 為清音送氣。

（二）舌面聲母與翹舌聲母，其符號雖同為 j、ch、sh，但舌面聲母僅可與細音韻母（即齊齒、撮口二呼）相拼，j、ch、sh 之後必有韻母符號「i」；而翹舌聲母不可與細音韻母相拼，故 j、ch、sh 之後必無「i」音。因此不致相混淆。

（三）韻母符號「帀」在翹舌音之後者，寫作「r」，如：jr̄（知）、chŕ（持）、shř（始）、r̀（日）；在舌齒音之後者，寫作「z」，如：tz̄（資）、tsź（慈）、sz̀（四）。

（四）單韻「帀」使用 r 及 z，如與聲母日或卫相拼時，因在聲母符號中已有 r 或 z，故可省略一個 r 或 z。如：「日」拼作 r̀，而不拼作 rr̀；「子」拼作 tž，而不拼作 tzž。

（五）捲舌韻儿之拼法雖用 er，如：「兒」拼作 ér；但在拼寫兒化韻時，僅需在各該兒化詞韻母符號後，加 r 尾表示之即可，省略 e 字母。如：「花兒」拼作 huār，「葉兒」拼作 yer，「狗兒」拼作 gǒur。

（六）結合韻母符號「ㄨㄥ」與聲母相拼時為一 ung。

（七）非開口呼韻母，無聲母相拼時：①單韻母「ㄧ」「ㄨ」「ㄩ」單獨使用應改作 yi、wu、yu；②結合韻母中之「ㄧ」應改作 y，「ㄩ」應改作 yu，「ㄨ」應改作 w。詳見下列附表：

ㄧ	ㄧㄚ	ㄧㄛ	ㄧㄝ	ㄧㄞ	ㄧㄠ	ㄧㄡ	ㄧㄢ	ㄧㄣ
yi	ya	yo	ye	yai	yau	you	yan	yin

ㄧㄤ　　ㄧㄥ
yang　　ying

ㄨ　　ㄨㄚ　　ㄨㄛ　　ㄨㄞ　　ㄨㄟ　　ㄨㄢ ㄨㄣ ㄨㄤ ㄨㄥ
wu　　wa　　wo　　wai　　wei　　wan wen wang weng

ㄩ　　ㄩㄝ　　ㄩㄢ　　ㄩㄣ　　ㄩㄥ
yu　　yue　　yuan　　yun　　yung

㈧單韻母「ㄝ」符號單獨使用時作「ê」，與「ㄧ」「ㄩ」
　拼合時則作「e」。

㈨四聲調號採用已公布通行之注音符號第一式所用者，陰平
　為一，陽平為ˊ，上聲為ˇ，去聲為ˋ，加在韻母之主要
　元音上端。不加任何調號者，則為輕聲。例如：
　偉wěi　大dà　的de　中jūng　華huá，錦jǐn
　繡shiòu　的de　河hé　山shān。

㈩採用詞類連書時，若遇前後二音節有相混可能者，以隔音
　短橫「－」加在其間，作為音界線。例如：
　Shī-ān（西安）、shiān（仙）、fā-nàn（發難）、
　fān-àn（翻案）。

㈠我國人名譯音，依照我國姓名習慣，姓在前，名在後。凡
　名字不止一字者，前後二字音節應加音節線。例如：
　Chén Huái-shēng（陳懷生）、Yú Yòu-rèn（于右任）。

㈢專有名詞如人名、地名，第一個字母應採用大寫。在日常
　使用上，人名、地名之拼音可不加四聲調號，以資便捷。

七、國際音標式

　　這一式國語標音工具，完全採用國際音標為標音之用，而根據國語的實際需要，增加了幾個國語中所特有而歐西語言中所無的符號所組成的。國際音標本身是設址於倫敦的「國際語音學會」(The Internatinal Phonetic Association) 所擬訂的一套國際性的標音工具，依據學會會章的規定，會員可以從這一套音標中選取本國（或本地、本族）所需的符號，來標注自己的語音或所要研究的語音，如不夠用，可依實際需要再添製新的符號，通知該會登記備案，因此，自 1888 年國際音標公布至今，已經有過很多次的增訂了。這一式音標自公布以來，早已得到各國語音學家和敎育家的公認，是全世界最通行的一式標音工具。符號本身是採用拉丁字母小寫的印刷體為主的，不夠用時，偶而兼採合體字母（如 [œ] [æ] 等），或用跟小寫字母同一 size 的大寫字母（如 [E] [A] 等），或者把某些字母倒寫（如 [ə] [ɹ] 等），或用草體補充（如 [ɛ] [ɑ] 等），或改變字母的原形（如 [ŋ] [ʃ] 等），或在字母上下或中間增加「附加號」（如 [ʉ] [ç] [ã] 等），甚或借用希臘字母（如 [β] [φ] 等）。因為國際語音學會的原則是：一個符號只代表一個音值，既不可借為他用，也不可權宜變更，故可免去很多含糊混淆的缺點。在國際語音學會所公布的音

標中，沒有「送氣音」(aspirate)，也沒有漢語中特有的一些「塞音」「塞擦音」和「鼻音」的特殊音值的音標，後來研究漢語語音的人，便在國際音標的總數當中增加了不少符號，如〔p'〕〔t'〕〔k'〕〔tʂ〕〔tʂ'〕〔ʂ〕〔ʐ〕〔tɕ〕〔tɕ'〕〔n〕〔ɕ〕〔ʑ〕〔ȶ〕〔ȶ'〕〔ȡ〕等等，都是後來增加，然後通知國際語音學會登記有案的。

肆、各式音標的符號對照

一、聲母符號：

注音符號	ㄅㄆㄇㄈ	ㄉㄊㄋㄌ	ㄍㄎㄏ	ㄐㄑㄒ	ㄓㄔㄕㄖ	ㄗㄘㄙ
譯音符號	b p m f	d t n l	g k h	j ch sh (i)(i)(i)	j ch shr	tz ts s
韋吉耳式	p p' m f	t t' n l	k k' h	ch ch' hs	ch ch' sh j	tz tz' sz / ts- ts'- s-
漢語拼音式	b p m f	d t n l	g k h	j q x	zh ch sh r	z c s
耶魯拼音式	b p m f	d t n l	g k h	j ch s	j ch sh r	dz ts s
最新第二式	b p m f	d t n l	g k h	j ch sh (i)(i)(i)	j ch shr	tz ts s
國際音標式	p p' m f	t t' n l	k k' h	tɕ tɕ' ɕ	tʂ tʂ' ʂ ʐ	ts ts' s

二、 母符號：

1 單韻母

注音符號	ㄧ	ㄨ	ㄩ	(帀)	ㄚ	ㄛ	ㄜ	ㄝ	ㄞ	ㄟ	ㄠ	ㄡ	ㄢ	ㄣ	ㄤ	ㄥ	ㄦ
譯音符號	i	u	iu	y	a	o	e	è	ai	ei	au	ou	an	en	ang	eng	el
韋吉耳式	i	wu/-u	yü/-ü	-ih/-u	a	o	o/(ê)		ai	ei	ao	ou	an	en	ang	eng	erh
漢語拼音式	yi/-i	wu/-u	yu/-u	i	a	o	e	e	ai	ei	ao	ou	an	en	ang	eng	er
耶魯拼音式	yi/-i	wu/-u	yu	r/z	a	o	é	ě	ai	ei	au	ou	an	en	ang	eng	er
最新第二式	i	u	iu	r/z	a	o	e	e	ai	ei	au	ou	an	en	ang	eng	er
國際音標式	i	u	y	ï̩/ɿ	a	o	ɤ	e	ai	ei	au	ou	an	ən	aŋ	əŋ	ɚ

2 結合韻母

① 齊齒呼

注音符號	ㄧㄚ	ㄧㄛ	ㄧㄝ	ㄧㄞ	ㄧㄠ	ㄧㄡ	ㄧㄢ	ㄧㄣ	ㄧㄤ	ㄧㄥ
譯音符號	ia	io	ie	iai	iau	iou	ian	in	iang	ing
韋吉耳氏	ya/-ia		yeh/-ieh	yai	yao/-iao	yu/-iu	yen/-ien	yin/-in	yang/-iang	ying/-ing
漢語拼音式	ya/-ia		ye/-ie	yai	yao/-iao	you/-iu	yan/-ian	yin/-in	yang/-iang	ying/-ing
耶魯拼音式	ya		ye	yai	yau	you	yan	yin/-in	yang	ying/-ing
最新第二式	ia	io	ie	iai	iau	iou	ian	in	iang	ing
國際音標式	ia	io	ie	iai	iau	iou	ian	in	iaŋ	iŋ

②合口呼

注 音 符 號	ㄨㄚ	ㄨㄛ	ㄨㄞ	ㄨㄟ	ㄨㄢ	ㄨㄣ	ㄨㄤ	ㄨㄥ（－ㄨㄥ）
譯 音 符 號	ua	uo	uai	uei	uan	uen	uang	ueng -ong
韋 吉 耳 式	wa -ua	wo -uo	wai -uai	wei -uei	wan -uan	wen -un	wang -uang	weng -ung
漢 語 拼 音 式	wa -ua	wo -uo	wai -uai	wei -uei	wan -uan	wen -uen	wang -uang	weng -ong
耶 魯 拼 音 式	wa	wo	wai	wei	wan	wen	wang	weng -ung
最 新 第 二 式	ua	uo	uai	uei	uan	uen	uang	ueng -ung
國 際 音 標 式	ua	uo	uai	uei	uan	uən un	uaŋ	uŋ

③撮口呼

注 音 符 號	ㄩㄝ	ㄩㄢ	ㄩㄣ	ㄩㄥ
譯 音 符 號	iue	iuan	iun	iong
韋 吉 耳 式	yüeh -üeh	yüan -uan	yün -ün	yung -iung
漢 語 拼 音 式	yue	yuan	yun	yong
耶 魯 拼 音 式	ywe	ywan	yun	yung
最 新 第 二 式	iue	iuan	iun	iung
國 際 音 標 式	ye	yan	yn	yuŋ

三、聲調符號：

	陰平	陽平	上聲	去聲	輕聲
注 音 符 號	ー	ˊ	ˇ	ˋ	˙
譯 音 符 號	（用字母變化表示聲調）				
韋 吉 耳 式	1	2	3	4	5
漢 語 拼 音 式	ー	ˊ	ˇ	ˋ	
耶 魯 拼 音 式	ー	ˊ	ˇ	ˋ	（無）
最 新 第 二 式	ー	ˊ	ˇ	ˋ	（不加）
國 際 音 標 式	˥	˧˥	˨˩˦	˥˩	˙

説　明：

1.各式音標的調號，係採趙元任先生所創的「五點制」陰平〔˥〕（55）、陽平〔˧˥〕（35）、上聲〔˨˩˦〕（315）或（214）、去聲〔˥˩〕（51）、輕聲不論音高爲糢糊的調，經刪削直線座標而簡化爲「ーˊˇˋ˙」五種記號而爲標調之用的。

2.標注「注音符號」時，陰平調或可省略而不用，今國民小學課本均不標陰平調號。

3.譯音符號的聲調不採用附加符號的方式，而是以字母的變化來表示聲調的。它把韻母的拼法，依其四聲之不同，而有不同的拼音法。例如其中最主要的一個變化方式，就是以韻母拼法的基本型式爲陰平，而在主要元音後頭加寫一個

〔r〕字母為陽平，主要元音重複多寫一個為上聲，單韻母「ㄚ」「ㄛ」「ㄜ」及空韻「帀」等的主要元音後頭加一個〔h〕字母為去聲。而其簡單的一式變化如：

　　巴 ba　　拔 bar　　把 baa　　爸 bah

　　遮 je　　哲 jer　　者 jee　　蔗 jeh

茲再分項說明其變化法則如：

①陰平用基本形式，但逢〔m〕〔n〕〔l〕〔r〕諸濁聲母時，則須在聲母之後加一個〔h〕然後再連接基本形式的韻母。

②陽平開口韻在元音後面加〔r〕；單韻母〔i〕〔u〕兩韻的前面要加〔y〕〔w〕；〔iu〕要改成〔yu〕；結合韻母的韻頭〔i〕〔u〕〔iu〕要改為〔y〕〔w〕〔yu〕；聲母如果是〔m〕〔n〕〔l〕〔r〕，就用基本形式。

③上聲的韻母中如果只用一個元音字母的，就把原來的元音字母重複多寫一個；不止一個元音字母的，就把其中的〔i〕〔u〕改成〔e〕〔o〕，如已改了頭的，就不必再改尾了；〔ie〕〔ei〕〔uo〕〔ou〕四韻把〔e〕〔o〕重複多寫一個；結合韻母單獨使用時，無聲母的音，把〔i〕〔u〕〔iu〕改為〔e〕〔o〕〔eu〕以後，再在前面加上〔y〕〔w〕。

④去聲的單韻母〔y〕〔a〕〔o〕〔e〕〔i〕〔u〕

〔iu〕以及它們的結合韻，在後面加〔h〕；複韻母及它們的結合韻，把〔i〕〔u〕改成〔y〕〔w〕；聲隨韻母收〔-n〕尾的把〔-n〕重複多寫一個，收〔-ng〕尾的把〔-ng〕改成〔q〕；〔el〕重複寫爲〔ell〕；〔i〕〔u〕獨用時，在它們的前面加一個〔y〕；結合韻母獨用時，把〔i〕〔u〕〔iu〕改爲〔y〕〔w〕〔yu〕，但〔inn〕〔inq〕則改爲〔yinn〕〔yinq〕。

⑤輕聲調以用基本形式爲原則。

⑥兒化韻在原拼法後面加〔l〕；〔a〕〔o〕〔e〕的去聲把〔h〕改爲〔l〕，又再加寫一個〔l〕；〔ai〕〔an〕兒化後都變成〔al〕；〔y〕〔i〕〔iu〕兒化後，在原韻的後面加寫一個〔el〕；〔ei〕〔en〕兒化後變成〔el〕。

⑦譯音符號除了四聲以外，又有一種重疊的符號，也在此處附加說明：〔x〕表示音節重疊，如「爸爸」拼成〔bahx〕，「媽媽」拼成〔mhax〕。〔v〕表示隔一個音符重疊，如「好不好」拼成〔hao buv〕。〔vx〕表示兩個音節都重疊，如「可以，可以」拼成〔kee yii vx〕。

4. 韋吉耳式的調號「1 2 3 4 5」標在音節後的右上方，如「三民主義」就拼成〔San¹ min² chu³ i⁴〕。

5. 漢語拼音式、耶魯拼音式及最新的注音符號第二式，

是把調號「ㄧㄑㄒㄕ」加在主要元音的上端，如「三民主義」就拼成〔Sān mín jǔ ì（或 yì）〕。

6.國際音標式的調號，標注在音節的後面，如「三民主義」〔San˥〕〔min˦〕〔tʂu˧〕〔i˥〕。

國家圖書館出版品預行編目資料

語音學大綱

謝雲飛著. – 初版. – 臺北市：臺灣學生，
1987[民 76]
面；公分
參考書目：面

ISBN 957-15-0167-0(平裝)

1. 語音學

801.3　　　　　　　　　　　　　　79000799

語 音 學 大 綱 （全一冊）

著　作　者：謝　　　　雲　　　　飛
出　版　者：臺 灣 學 生 書 局 有 限 公 司
發　行　人：盧　　　　保　　　　宏
發　行　所：臺 灣 學 生 書 局 有 限 公 司
　　　　　　臺 北 市 和 平 東 路 一 段 一 九 八 號
　　　　　　郵 政 劃 撥 帳 號：0 0 0 2 4 6 6 8
　　　　　　電　話：(0 2) 2 3 6 3 4 1 5 6
　　　　　　傳　眞：(0 2) 2 3 6 3 6 3 3 4
　　　　　　E-mail：student.book@msa.hinet.net
　　　　　　http：//www.studentbooks.com.tw
本書局登
記證字號：行政院新聞局局版北市業字第玖捌壹號

印　刷　所：長 欣 彩 色 印 刷 公 司
　　　　　　中 和 市 永 和 路 三 六 三 巷 四 二 號
　　　　　　電　話：(0 2) 2 2 2 6 8 8 5 3

定價：平裝新臺幣二一○元

西 元 一 九 八 七 年 五 月 初 版
西 元 二 ○ ○ 四 年 十 月 初 版 五 刷

臺灣 學生書局 出版
中國語文叢刊